JN108568

「みちくさ」で
充実の二毛作

100歳時代

TETSUO IWASAKI × TOKUO UENO

岩﨑哲夫
植野徳生

| 共著 |

Parade Books

目次

パワフルシニアとの邂逅
〜まえがきに代えて

植野徳生

　ライターは文章を書くのが仕事ですが、実作業では執筆以前の段階、つまり情報収集とその整理の時間が大部分を占めます。これはウェブ記事でも書籍でも変わりません。仕事をいただくとその都度、新聞・雑誌の記事や書籍、各種のウェブサイトやSNSで発信される個人発の書き込みなどをチェックし、情報収集にあたることになります。私が岩﨑哲夫氏のフェイスブックの書き込みに行き当たったのは、そうした活動の最中でした。

「人生は二毛作」

「高齢者は老後のビジョンを持て」

「人生に資格はいらない」

「ポジションに合わせて視座を高めよ」

　岩﨑氏の書き込みは短いながらも、ところどころに示唆に富む言葉が散りばめられており、私はいつしか仕事を離れて、氏の書き込みを追うようになりました。なぜそうなったのか......それは断片的に語られる岩﨑氏の経歴と、そこから生まれたであろう哲学、高齢に至ってもなお先を見続ける力強さなどに、興味を抱いたからに違いありません。ひょんなことからパワフル

シニアに出会い、その世界に引き込まれてしまったのです。

　その後、私から連絡をとり、最初はネット上で、さらに何度か直接お会いしてお話を伺う機会を得ることができました。そこでようやく、岩﨑氏の人となりやその考えについて、明確な輪郭線が見えたように思います。

　若い頃には大学中退という、はた目には挫折ともいえる経験を、自ら定めた人生の再出発点「グランドゼロ」と位置づけキャリアをスタートさせました。初めに選んだ中小企業では、営業を手始めに機械設計、マーケティングと職域を広げ、若くして経営幹部の一人として頭角を現し、ヘッドハンターの誘いを受けるようになりました。そののち、大手商社に移籍し、半導体専門商社創設に加わり事業拡大に寄与しました。しかしハイテクビジネスに商社はなじまないと、独立を模索する中で、その後海外企業とのジョイントベンチャー「AMJ」の創設とつながっていきます。このジョイントベンチャーでは、倒産寸前にあったシリコンバレーのパートナー企業「AMAT」の危機を救済しただけではなく、日本の台頭を取り込むことで劇的な復活を経て、世界最大の半導体製造装置メーカーに変容する、けん引役を果たしました。岩﨑氏自身も、当時のシリコンバレーの企業のトップスリーハイペイワーカーランキングで日本人の常連として、数年にわたり地元の新聞

に掲載されるほどのポジションに達しました。タイプ
ライターひとつ、それに机と数脚の椅子だけで創業し
たジョイントベンチャーAMJは、80年代の後半にな
ると、シリコンバレーのAMATからも、日本勤務が同
社で昇進する「登竜門」となるということで、世界の
俊才が集結する、社員千人超を擁する大企業にまで成
長したのです。

この発展の理由は、いくつも挙げることができるで
しょう。時代背景や業界の状況、あるいは運もあったか
もしれません。しかし私には、岩﨑氏自身の思考、行
動哲学などが、大きく作用したと見ています。

たとえ一時的に衝突したとしても相手を理解しよう
とする人間への信頼。待ち受ける困難を当然のように
受け止め、それでも足を止めない将来への確信。こう
した資質があったからこそ、大きな発展を得ることが
できたのではないでしょうか。

後のことになりますが、岩﨑氏が念願でもあった二
毛作目のスタートを切るために退職した際、AMATの
トップマネージングチームは、岩﨑氏の会社に対する
大きな貢献に対し、特別ビデオ「Applied Materials
Salute You（アプライドマテリアルは貴方に敬意を表
します）」を制作し贈呈しました。このビデオは岩﨑氏
の経歴をなぞった構成となっていますが、その中で次
の4点について、氏がAMATに与えた大きな実績とし

て紹介しています。

1 日本市場での成長を梃に、それまで国内の顧客
　にしか関心を持たなかったAMAT社の目を外に
　向ける国際化を、日本がリードしたこと。
2 言語・商習慣・文化などの「対立点」になりか
　ねない相違を、「理解・受容」し、究極のところ
　「楽しむ」「Mutual trust and respect」文化づ
　くりに貢献したこと。
3 「Close to Customer」の標語の下、開発施設や
　サービス網の充実を通じ、顧客とのより進んだ
　「未来共有」の関係構築を実現し、それが「ア
　ジアモデル」となって、アジアでの飛躍につな
　がったこと。
4 AMATにとって未体験だった液晶ディスプレイ
　製造装置事業を創業し、売り上げ及びシェアで
　圧倒的な世界一位の事業に育て上げたこと。

　このような成果を生み出した岩﨑氏の思想・発想が、
このまま人知れず忘れ去られていっては、もったいな
い。岩﨑氏の思想は、若者にとっては将来への指針に
なり、高齢者の方にとってはさらなる一歩を踏み出す
勇気になるはずだ……。こう考えた私は、岩﨑氏に書
籍化の企画を持ちかけました。氏は当初は固辞してい
ましたが、「フェイスブックの書き込みを転載する程

度なら」という条件で、了解を得ることができました。これが本書の刊行の経緯です。

　共著という体裁で私も著者として名を連ねていますが、ベースは岩﨑氏がフェイスブック上に書き込んだ膨大な記事です。その中から100本を選び出し、私が手直ししました。わかりにくい表現や言い回しを整理しつつも、岩﨑氏自身の息づかい、筆遣いが損なわれぬよう、配慮したつもりです。また「長い人生、時には道草を楽しむのも良いのでは」という岩﨑氏のアイデアから、一記事につき数ヶ所の「道草先」を用意しておきました。QRコードをスマホで読み込めば、記事と関わりのあるページに飛び、そこで道草を楽しむことができます。

　本書によって、一人のビジネスマンが半生の中で培った哲学に触れ、所々で道草を楽しんで、読者の皆さんが何かしらを得ることができたなら、これにまさる喜びはありません。

2023年1月15日

第 **1** 部

岩﨑哲夫とは

第1章

岩﨑哲夫インタビュー

岩﨑哲夫 vs 植野徳生

● 人生を二毛作で考える

植野：この書籍は岩﨑さんのフェイスブックへの書き
　　　込みが元になっていますが、そもそも書き始め
　　　た理由は何だったのですか？

岩﨑：私がフェイスブックを始めたのは、66歳の頃
　　　です。年齢のためか物忘れが気になり始め、備
　　　忘録のつもりで始めました。テキストだけでな
　　　く写真も残しておけるフェイスブックは、私の
　　　目的にピッタリだったのです。後で読み返して、
　　　記憶を正しいアドレスに定着させるのにも役立
　　　ちますしね。いささか不純な動機です。
　　　書き続けてもう9年になりますが、物忘れの進
　　　行を抑えられているな、と感じます。ただ私自
　　　身の感覚ですから、正確なところはわかりませ
　　　ん。ワイフに言わせると、大事な約束を忘れて

いることもあるとかで、物忘れは進行している
ということですが。

植野：記事のテーマはある程度、決めているのでしょ
　　　うか。

岩﨑：最初から「自由気ままに」と決めていましたか
　　　ら、特別なルールは設けていません。テーマは
　　　過去、現在、未来と、行ったり来たりです。お
　　　ぼろげな記憶を掘り返すのは意外と面白く、頭
　　　の体操にもなります。締切があるわけでもない
　　　ので、思考の道草を楽しみつつ、新たな学びを
　　　得る機会にもなっていると思います。その意味
　　　では、私と同じシニアの方々にも、お薦めした
　　　いですね。

植野：この書籍には岩﨑さんご自身の経験から生まれ
　　　た思想が反映されています。そのひとつに「人
　　　生の二毛作」がありますが、これはどういうこ
　　　とでしょうか。

岩﨑：私がそうしたことを意識し始めたのは、40歳を
　　　過ぎた頃です。当時のシリコンバレーの同僚た
　　　ちは、「若い頃に猛烈に働いて富を蓄え、早期に
　　　リタイアして悠々自適」というプランを描いて
　　　いましたから、その影響は少なからずあります。
　　　しかし、日本人の平均寿命が年々延びてきたこ

とが大きいですね。たとえば65歳でリタイアして、80歳まで生きるとしたら、余生は15年。それまでの人生の4分の1近い時間が残っていることになります。この時間を、漫然と過ごすのはもったいない。農業の二毛作のように、今までとは違うことが為せるのではないか。ならば、体力も気力も充実しているうちにセカンドライフを設計して、二毛作人生のスタートを切るべきだと考えました。それまでは自分の能力を磨き、家族の生活基盤を固めることを主眼としていましたから、二毛作では社会のためにできることをしようと考え、主に若手経営者や起業家の支援や地域の活性化、環境保全活動に軸足を移しました。

自分が経営するのと他者の事業を支援するのとでは、かなり勝手が違います。しかし経営の本質は、変化の予知とそれへの備えです。寄せくる大波を、どれだけ早く察知するか。その大波に、いかに乗るか。若い経営者にとっては見きわめが難しいところですが、本書に掲載した私のこれまでの経験や考えも、何らかの参考になるかもしれません。これもまた二毛作の成果だろうと思っています。

● ブレることのない軸を持つ

植野：経験のエッセンスを伺う前に、読者の皆さんは
　　　岩﨑さんご自身がどのような人物なのか、知り
　　　たいはずです。ご自身のルーツと経歴をお話し
　　　いただけますか。

岩﨑：岩﨑家のルーツをたどると、甲斐源氏武田氏の
　　　一族で、甲斐国山梨郡岩﨑村の出身と聞き及び
　　　ます。甲斐の岩﨑が現在の新潟県糸魚川市に移
　　　り住んだのが、今から440年ほど前で、始めは
　　　上杉と武田の軍事同盟に基づく西からの守りに
　　　備える残地部隊として、そして武田家滅亡後に
　　　上杉に組み入れら定住した模様です。そうした
　　　家の19代目が私の兄です。
　　　私が産まれたのは1946年。終戦の翌年ですね。
　　　父は国鉄職員で、母は家伝の5反歩の田畑を祖
　　　母と耕していました。私は7人兄弟姉妹の6番
　　　目、総勢11人の大家族で賑やかでしたが決して
　　　裕福な暮らしではありませんでした。
　　　将来の職業を考え始めたのは、高校に入った頃
　　　です。当時はジャーナリストか建築デザイナー
　　　になりたいと思っていました。「報道と主張に
　　　よって世界を変える」ことや、「自分が生きた証
　　　を作品として未来に残す」ことに魅力を感じて
　　　いたのです。

世界大戦の終結は東西冷戦の幕開けであり、東西の代理戦争でもあったベトナム戦争をめぐって、世界のジャーナリストが華々しく論陣を張っていました。一方、また焼け野原だった日本では復興の槌音高く、建築ラッシュで著名な建築デザイナーにスポットライトがあたる日々でした。どちらも当時の花形職業でしたから、私の夢もミーハー的といえなくもありません。

ジャーナリストの要件は、事象をまっすぐに見つめ判断することと、自身の意見を持ち、より良い人生、世の中をつくることに役立つということでしょう。建設デザイナーは発想を完成形に落とし込み、その工程も含めて人に示すことができなくてはなりません。これらは組織のリーダーに不可欠な要素のように思います。自身を顧みると、心の深いところにハイティーンのころに形成された「憧れのリーダーの姿」を追い続けていたように思います。

● 生きるために資格要件などいらない

植野：大学時代はいかがでしたか？

岩﨑：当時の私は、社会で活躍するには「大卒」というチケットが必要だと思っていました。ジャーナリストになるにもデザイナーになるにも、大学

を卒業することが不可欠の資格要件だと考えていたのです。わが家の経済状況からすれば大きな負荷だったはずですが、私よりもよっぽど成績の良かった姉や兄を素通りし、父から「お前は大学に行ってもいいよ」と言われました。姉たちは「女だから」、兄は「家を守る長男だから」ということだったので、姉や兄に「申し訳ない」という気持ちもあって働きながら大学に通おうと決意しました。

そんなことで新聞学科のあった日大法学部の第二部（夜間）に入り、昼は父の友人が経営する小さな印刷会社で働くことになりました。少しだけ「ジャーナリスト」に近づいた気分でした。朝から夕方まで印刷機を廻し、夜はインクと洗い油と砂石鹸の匂いが染みついた作業服のまま学校へ。空腹と眠気に耐えながら講義を受ける毎日でした。ところが1年目の最後の授業を受けているとき、父の訃報を受け取りました。自分で働いて大学に行くと決めたものの、実のところ父からの補助なしでは生活ができなかったこともあり、その時点で退学を決断したのです。

植野：躊躇はなかったのでしょうか？

岩﨑：ありませんでしたね。私は大学で学ぶことに、現実以上に期待し過ぎていたようです。どんなこ

とを学べるのだろうとドキドキしながら受けた講義は、退屈で、つまらないものばかり。「あと3年もこうしていないといけないのか？」という耐え難い失望感がありました。ですから退学を決意することに迷いは全くなく、「超飛び級卒業」のような痛快さと、再スタート地点、「グランドゼロ」に立つ期待感で胸は高鳴りました。別に「大学卒業」という資格がなくても、生きていけるという、根拠のない自信がありましたね。その後の長い職業人生を通してみて、大学でしか学べなかった機会を失ったことに若干の悔いは残るものの、学歴そのものがハンデと感じることはありませんでした。

32歳で創業して20年、2000年には、倒産寸前だった親会社は売り上げで1兆2千億円を達成し、時価総額939億ドル（10兆円超）の「半導体製造装置」の世界最大大企業になり、私は、会長（CEO）・社長（COO）を含む経営トップ7人の一人になっていました。5人は博士号を有し、一人がMBAという具合で、私一人が「無冠」というわけです。さらに、人種ミックスもアメリカ（2人）・インド・中国・日本・イラク・イスラエルという具合で、あたかも地球を俯瞰するかのような多様性に満ちた組織のドライバーシートに座っていました。大学で学ぶ機会を失

したものの、「グランドゼロ」からの挑戦は、面白可笑しく、沢山の学びを得た点で、及第点はもらえるような気がします。

● 視座を高く保つことの大切さ

植野：その後の岩﨑さんは何度かの転職を経験しつつも、電子産業という分野で一貫していますね。

岩﨑：38年間で会社は4回変わりました。初めは社員30名ほどの試験装置メーカー「中央理研」、次いで半導体素子や製造装置に特化した専門商社「兼松セミコンダクター」。三度目は私が独立を期して設立した「ダイナミックインターナショナル（DIC）」と、アメリカの半導体製造機器メーカー「Applied Materials（AMAT）」との50対50のジョイントベンチャー、「Applied Materials Japan（AMJ）」です。四度目がAMAT社と小松製作所の50対50のジョイントベンチャーで、液晶フラットパネルの製造装置メーカーである「AKT」でした。勤務する社名こそ変わりましたが、どの会社も「電子産業」が主戦場で、私にとって「主食のコメ作り一筋」といったところでした。

ただ、階段を登るたび見える風景は大きく変わりました。中央理研は弱小零細企業で、業界ヒ

エラルキーの底辺に近いところに位置しています。主たる顧客はビッグネームの電子電気メーカーでしたが、彼らとてヒエラルキーの中間に過ぎません。その上には電電公社があり、さらに監督官庁が存在しています。逆に我々より下の層には、夫婦で働くパパママストアまでの重層構造があります。そしてその重層構造の位置ごとに、見える風景に違いがあるのです。これは「視座の高さの違い」と言い換えることもできます。多様な視座から物を見て判断することの大切さを痛感しての主張なのです。海外を歩くことで、自分の無知を知り、能力の無さを知ったことが裏にあります。地球を俯瞰するかの視座の高さは実にエキサイティングなものです。

植野：岩﨑さんは本書の中でも、この「視座の高さ」という言葉を使われていますね。

岩﨑：大所高所から広く見る、ということです。これはAMAT社の経営に直接かかわり、日本とアメリカを行き来する中で確信しました。

日本企業は足元だけの狭い視野にとらわれ、ハイテク復権を目指す米国やアジアの台頭を過小評価していました。それが長期的な戦略の欠如と準備不足を呼び、1980年代の日米貿易摩擦では、日本が妥協に次ぐ妥協を重ねることになりました。冷戦終結以降すぐに、ハイテクエリア

で躍進する日本を牽制しようとした米国の戦略は奏功し、世界の模範とたたえられた日本の半導体・液晶事業メーカーが20年もたたないうちに次々と敗退してしまいました。今日、世界のトップ10にとどまっている日本企業は元東芝の「キオクシア」だけという有様です。

人は見えている風景しか描けません。ですから視座を高く保ち、より広くものを見て、より大きな絵を描くことが肝要になるのです。

● 小さな組織ほど、よく見通せる

植野：岩﨑さんのキャリアは中央理研から始まります。小さな企業で、逆にそれが良かった、とおっしゃっていましたが。

岩﨑：中央理研は規模は小さいながら、何でもある会社だったんです。取引先は大小さまざま、部署は設計、技術、営業、経理、マーケティング、おまけに研究開発まである。入社後は営業部に配属されましたが、営業しながら設計部にも出入りしていました。高校時代の「建築デザイナー」という夢が形を変えて、機械設計になった、というわけです。

小さな企業は社内の見通しがよく、自分から手を挙げれば、やりたいことをやらせてもらえま

す。「そうか、じゃあやってみろ」という具合に。それは仕事や社会の仕組みを知るためには、最適な環境です。現代の若者たちが安定を求めて、大企業を目指すことを悪いとは思いません。しかしそれ以上に大切にすべきは「自分は何をしたいのか」ということでしょう。そこを見失ってしまってはいけない。そして自分のしたいことをするために、どのような環境がふさわしいのか、真剣に考えることです。意外と小さな会社のほうが、何かと都合が良いものですよ。

● 人と人が理解し合うとはどういうことか

植野：中央理研で設計にかかわった後、電子製品や製造機械専門の商社へと転職されました。

岩﨑：兼松セミコンダクター（KSC）です。総合商社だった「兼松江商」が電子産業部門を独立させるために作った子会社で、先方からの誘いを受け、創業メンバーとしての転職でした。「なぜ私に」と首をひねっていたのですが、私が顧客と組んで設計した製品が、彼らが代理店としてかつぐビジネスを「圧迫したから」だ、と聞いたことがあります。つまり彼らにとって私は邪魔な存在で、それなら味方に引き入れてしまえ……というわけでした。

ここでの6年間もまた学びの多いものでしたが、「英語ができない」ということが、大きなハンデになりました。私は創業した組織のキーマネージャーのポジションに就きましたが、何しろ同僚も部下も、英語の読み書きを楽々とこなすのです。出社初日から「場違いだったかな」と感じていましたが、すぐにそれが現実になります。協力関係にあった米国企業の研究部門の元トップ、ベンジン博士が来日し、日立・東芝・NEC・富士通などのビッグネームの顧客を廻り、最新情報をレクチャーすることになったのです。しかもまともに英語も話せない私が主催者です。

植野：かなり厳しい状況ですが、どのようにさばいたのですか？

岩﨑：さすがにビッグネームの顧客には、スタンフォードやMITの出身者がいたりして、ほぼ通訳の必要がないレベルでしたが、みなさん遠慮なされてか、それとも意地悪か、十中八九は、「通訳お願いします」となりました。……そうなると結果は推して知るべしです。もちろんベンジン博士は私のでたらめな翻訳に気づきませんでしたが、訪問先の方々は、さぞ呆れたことでしょう。これが1週間も続くのです。あまりの恥ずかしさに、残っていたプライドは微塵に砕かれ、夕方にはアルコールなしではいたたま

れず、泥酔して眠っていました。ところが驚く
ことに泥酔によって、恐れなしに「でたらめ英
語」をしゃべれるようになったことが、英語克
服の第一歩となりました。

それから6か月後。ベンジン博士の再来日が決
まりました。前回のような失態を、再び見せる
わけにはいきません。そこで今回はあらかじめ
企業廻りの予定を組んでおき、全日程のうちの
初めの2日間は、私に特別レッスンを受けさせ
てほしい、と博士にお願いしたのです。

しかし博士は日本に遊びに来たわけではありま
せん。本来なら各企業を回り、自分の研究成果
や最新情報をアピールするために用意した時間
を2日も潰して、ホスト役であるはずの私の世
話をしなくてはならないのです。彼は烈火のご
とく怒りましたが、意見を変えない私に最後は
折れて、特別レッスンが始まりました。

博士のレッスンは朝から晩まで、2日間びっし
りです。博士のカバンに詰め込まれた、厚さ5
センチほどの論文を最初から最後まで。忘れら
れない英語の洗礼でした。しかしこのことで、
ベンジン博士は私の最初の外国人の友人になり、
亡くなるまでの私の師となったのです。

ドイツ移民であった博士のご自宅に伺うと、棚
からいつもドイツ風の菓子「シュトレン」を恭

しく取り出し、上等なブランデーを数滴たらし
てお土産に渡してくださったことを、今も懐か
しく思い出します。二回りも年齢の離れた私と
博士ですが、人と人とが理解し合うということ
は、こういうことなのでしょう。

● 見える風景が変われば、発想も行動も変わる

植野：KSCにはマネージャーとして入社されたわけで
　　　すから、より経営に近い業務を手がけておられ
　　　たと思いますが。

岩﨑：KSCを成功させるには何が必要か、それは真剣
　　　に考えていましたね。私の結論は「最先端の情
　　　報」「最新の生産設備」「最高のサービスを提供
　　　できる技術力」でした。情報と設備はなんとか
　　　できたのですが、困ったのが3番目です。当時
　　　の輸入装置の信頼性は低く、しばしば故障しま
　　　したし、そのたびにテレタイプで症状を説明し、
　　　遠隔指示を得ながら修理する、ということが続
　　　きます。これでは顧客に見放されてしまいます。
　　　そこで中央理研時代の協力会社や仲間に呼びか
　　　け、メンテナンスと技術の子会社「日本インスツ
　　　ルメント」を設立し、独自製品を開発する「KSC
　　　研究所」を開設しました。このことで、KSCの
　　　成功に不可欠な3本柱ができたと思っています。

無我夢中の日々はまた充実の6年でもありました。このころになると、KSC社内で最大の収入と利益を稼ぎ出す装置事業の実質トップ、社長に次ぐポジションに立っていました。いよいよ山頂を目指す登山口にとりついたような気分になっていました。

植野：ポジションが上がれば見えるものが変わる、というお話がありました。新たに見えてきたものもあったのではないでしょうか？

岩﨑：確かに、驚くような発見も経験しました。同じ風景を見ながら目指す山頂が違う、というものです。技術進歩の速い世界でトップに立つには、それなりの投資をしなくてはならないということで、研究所を創設するなどしてきましたが、創業6年ごろから、親会社への上納金が増えて再投資に回す資金不足が頻繁に起こるようになりました。親会社の資金ニーズに応えることがKSCの管理部門の優先事項であり、帰属先への忠誠心という構造は、KSC成長の勢いを削ぐことになりました。
　　もはや、私が目指すべき山の頂はここにはないと痛感したものです。私はKSCに退職意思を伝え、私を含む3名でDICという会社を創設して、次の行動の受け皿としました。

ところが私が辞めるという話を聞き、KSCや日本インスツルメントの社員の中から、合流したいという者が9名も出てきたのです。仲間が増えるのは嬉しいことですが、そうなると全員の食いぶちを、まず稼いでこなくてはなりません。そこでタイミングよく実現したのが、米国の半導体製造装置メーカー、「Applied Materials（AMAT）」との50対50のジョイントベンチャーです。

今から思えば、企業としては何の実績も持たない私の、「対等に組もう」という申し出が、よく通ったものです。我ながら無謀な提案をしたものですが、想定外の難問が私を動かす原動力となり、それが相手を説得する熱となったのだろうと思います。DICは仲間に譲り、私は7名を率いてマンションの管理人室の一角を借り受け、そこに「Applied Materials Japan（AMJ）」の看板を掲げました。会社の資産はタイプライター1台と机、椅子が7脚。それでも未来を信じて疑わない、32歳の春のことです。

● 時には、ただ待つことも重要

植野：その後、AMJはAMATとともに、当時とは比較にならないほど大きな成長を遂げています。

岩﨑：当時はまさか25年もこの会社で働き続けるとは思っていませんでしたが。AMJ創業時のAMATは2千万円の資金調達ができず、倒産の危機にあったことを考えれば雲泥の差です。売上は1兆2千億円、時価総額はピーク時（2000年4月7日）で939億ドルに達し、PhD保有者600人、MBA取得者430人、フォーチュン500の常連企業になっていました。参入製品のほとんどでマーケットシェアのトップを占める大企業です。

ただ、AMJとAMATの間には、お互いが平等な責任を負って将来を切り拓こう、という合意がありました。出資比率が対等であったことはもちろんですが、それを別としても「本社が親で子会社が子」という、よくある外資系企業の認識「親高子低」・「西高東低」を排除し、「イクオールパートナー」を実現するという強い決意がありました。私自身が範を示すべきとしていましたから、「AMJが意見表明し、それがAMATグループ全社の方針になる」ということが、日常的に起こりました。

自己主張のぶつかり合いは、軋轢を生むことが多いものです。しかしお互いを尊重し、自由闊達に意見を交わせる環境があれば、建設的な議論ができますし、能動的に動く人間がさらに活

躍できるはずです。そうした環境を構築できた
ことは、私にとっての喜びであり誇りでした。

植野：その後はAMJ、AMATに籍を置きつつ、小松製
　　　作所とともに液晶フラットパネル事業に参入し
　　　ていますね。

岩﨑：90年代に入ってすぐの頃は、ノートPCの需要増
　　　から液晶パネル市場が急拡大してきました。半
　　　導体で痛い目に遭った電気メーカー各社は、こ
　　　こぞとばかりに液晶に投資を振り向けました。
　　　そんな中、私に「液晶事業に参入してほしい」と
　　　の要請が東芝の副社長から直接入りました。そ
　　　こでチームを差し向けて調査してみたのですが、
　　　市場が小さい上に製品の付加価値を上げにくく、
　　　コモディティ化の圧力もあって利益を出しにく
　　　い、という状況です。調査チームの結論は「参
　　　入すべきでない」ということでした。
　　　しかし当時、AMATでは「アモルファスシリ
　　　コンの成膜」という、新たな技術開発を研究し
　　　ていたのです。これがうまくいけば、すべての
　　　液晶メーカーが苦しんでいた問題を劇的に解消
　　　できます。研究の成功を信じて待つこと数ヶ月、
　　　ついに技術開発成功の報告がありました。この
　　　技術があれば、PCディスプレイだけでなく、テ
　　　レビにも太陽光パネルにも応用でき、市場サイ

ズを拡大できます。だったら、これは「Go」だ。私はそう判断し、強力な組織と進歩的な経営手法を持つ企業......ということから小松製作所を合弁相手に選び、1993年春にAKT（Applied Komatsu Technology）を設立したのです。

植野：新技術の開発成功を信じつつも、ただ「待つ」というのは不安が大きいでしょうし、忍耐も必要だったのではないですか？

岩﨑：確かにそうです。難問にぶつかった時や事態が膠着状態に陥った時など、人は何とか動いて変化を起こそうとします。つまり「足掻く」のです。それが奏功することもあるでしょうが、私は「待つ」という選択肢も活用します。もちろん、ただ漫然と時を過ごしていたのではいけませんよ。しかし、確たる理由があるなら、いたずらに動くことはありませんし、結論を急ぐこともありません。待てば、果報が向こうからやって来ることもあるのです。

● 日本を再び、陽の当たる場所に

植野：岩﨑さんご自身の経歴を、少々駆け足でなぞってきました。中央理研とKSCで学んだことが、AMJで開花し、AKTに結実したように思えます。

岩﨑：いろいろなことをしましたね。業界最高レベルの最先端設備。それを建設するための、投資資金の調達。装置とプロセスの専門家の育成。顧客とのコミュニケーションにも配慮してきました。

AMJは創業から10年間で売り上げは200万ドルから2億ドルと100倍に達し、AMATの売り上げに占める比率も40パーセントを超えました。この事例は米国でも、海外進出の最高の事例として喧伝され、台頭著しいアジア市場に進出する際も日本モデルが踏襲されました。AMAT社が過去に投資した案件でこれだけの成功を収めたケースはなかったように思います。

AKTにしても、現在はAMATの100％子会社になり、その売上規模は年間1,000億円。AMATグループの中では、半導体製造装置に次ぐ規模にまで成長しています。

ここまでが、主食であるコメを一心不乱に作り続けてきた、私の一毛作目です。もちろん失敗も数多く経験しましたが、やりたいことに全力で向き合い、十分以上の結果を残せたことには、大きな満足を感じています。

現在の私は、AMAT社での25年間の経験を活かし、若者の起業支援を展開しています。一方で、元若者……シニアの方々の事業支援も行ってい

ます。いずれもまったく分野が異なるものでは
ありますが、若者とシニアがそれぞれの強みを
存分に活かせるフィールドを用意し、力を発揮
することができれば、一度は落日を迎えた日本
の経済界も、再び勢いを取り戻せるに違いあり
ません。

植野：岩﨑さんご自身の願いが、すべての若者と高齢
者の方々に届くように願うばかりです。ありが
とうございました。

第2章

すべての若者と高齢者の皆さんへ

岩﨑哲夫

　人は年齢とともに経験を積み、経験を通じて多くを学びます。そこから生まれ出る知恵は、若者にとっては「転ばぬ先の杖」になりますし、年配の方にとっては「叱咤激励のエール」になるでしょう。

　植野氏によるインタビューでは話しきれなかった思索の断片を、思うままに書き綴っておきたいと思います。ここから何かをくみ取り、あなた自身の行動や判断に役立てていただければ、それは私にとっても嬉しいことです。

● 多様性を楽しもう

　アメリカの多様性は日本の対極にあるものです。多様性に富んだ社会では、異質のものが近い距離で隣り合っていますが、よく見ると薄い膜で覆われ、直接の衝突や融合が起きない構造になっています。薄い膜と

は人種間の差別、所得や教育や生活の質の差、かつては通う学校や乗るバスや使う水道の違いにも及ぶものでした。薄く見えても膜は強靭で、破られた場合の防御装置として、銃の保有さえ包含するものです。

　AMAT社は就業する社員の過半が国外在住というグローバル企業ですから、アメリカのやり方をそのまま真似る必要はありません。異質のものと隣り合う居心地の悪さの先に新たな喜びを作りだせば、多様性を楽しむことができます。その基本となるのはそれぞれの違いを認め、信頼し、尊敬することにあります。これは私がAMATで学んだことのひとつです。

　AKT時代、私の部下の国籍は24か国にもおよびました。彼等はみな、それぞれの出身地の歴史や文化を背景に持っています。ですから彼らを知るために、私は彼らの背景を知って自分の視座を上げる必要があると感じていました。しかしさすがに老境になって、バックパッカーのように世界を歩くわけにもいきません。

　これは若い人たちにぜひお伝えしたい。できることなら今のうちに、自分の知らない世界を体感しておいていただきたい。世界中の情報がPCやスマホ越しに得られる現代ですが、自分の足で立ち、自分の目で見た風景は、ネットに写される画像とはまったく異なるものです。そうした体験は将来のあなたにとって、大きな財産になるはずです。

●「ペナルティのない経営」の害

　80年代後半からバブル経済の最終局面にかけて、日本の半導体産業は確実に衰え、力をなくしていきました。なぜこうなったのか、現在においてもさまざまな見方がありますが、理由のひとつに米国のハイテク復権を目論んだ「日米貿易摩擦」の激化に加えて、韓国や台湾勢が実力をつけ、日本に肉薄してきたことがあります。

　日本の半導体メーカーとて、手をこまねいていたわけではありません。しかし半導体事業は会社の一部門でしかなかった総合電気メーカーの対応は遅く、しかも投資規模が小さすぎました。

　さらに厳しいことを言えば、波風を嫌う日本流の甘い経営が自ら招いたものともいえます。

　AMATでは株主や金融機関の厳しい目はもちろん、社外取締役による四半期に一度の経営レビューがあり、経営幹部の課題解決のためのイニシアティブと結果を問われました。席上ではプロフェッショナルな応答が取締役やオフィサーとの間でなされ、取締役間で意見が割れたときなどは、のちに起きかねない義務違反訴訟に備え、発言内容は正確に議事録に記載されたものです。

　活動によって成果を出すことが企業の本質なのですから、「厳しすぎる」という言葉は当たりません。むし

ろペナルティすら設定しない大甘な経営こそが、日本
の落日を早めたのです。

●「ワクワク」は、若者だけのものではない!

　二毛作目のミッションを、どこに定めるか。あれこ
れ考えた末、私は「支える側に回る」としました。
　思い返してみると、私たちの世代が社会に出ていっ
た頃は、右肩上がりの時代です。その時代の恩恵を背中
いっぱいに受け続けた私たちが、リタイアする年頃に
なって周りを見回すと、競争力を失った日本と長引く
デフレの「右肩下がり経済」に苦しむ社会でした。こ
れを看過したままリタイアなど、とてもできないと思
いました。とはいえ、何をどのようにすればいいのか、
妙案が浮かびません。
「だったら、その場の状況に合わせて動けばいいじゃ
ないか」
　その時その時に出会う人、それぞれの人が抱える課
題。その中で自分の経験や知恵を活かし、解決につな
がる最善の策を探ればいいと思いました。これまで私
なりのやり方で、コメ作りに精出した「一毛作目」。
これからはコメを忘れて何でも手がける「二毛作目」。ト
マト、キュウリ、ナス、カボチャ......。コメとは違っ
た体験もできます。新たな学習も必要となる、未体験
ゾーン。これは面白そうだ......。なんだかワクワクし

てきます。

　高齢者と呼ばれる年齢になった私にも、「二毛作」は若々しい高揚感をもたらしてくれます。

● 相応のフィールドでこそ活躍できる

　AKTにいた時分、米国の大手ファンドから「韓国サムスンの社外重役としてあなたを推挙したいが、受けてくれますか？」という誘いがありました。サムスン最大手の投資家からの申し入れです。「えっ、なんで私？」唐突な要請に、始めは躊躇したものの、最後は受諾し初めての株主総会（株総）に臨みました。7時間に及ぶ大荒れの株総で、当時は弁護士であった文在寅（ムン・ジェイン）氏が反財閥を掲げるアクティビストを率いて株総に臨み、すべての案件に「異議」を唱え「再評決」を求めるという具合です。それでも私を含む新役員の承認案件は圧倒多数で票決され、あの瞬間からボードメンバーとなり、その日から4年間毎月取締役会に出席のためのソウル通いが始まりました。

　サムスンで最初に感じたのは、組織の若さの違いです。サムスンでは各事業のトップは40歳半ば、半導体事業を永年率いて副会長になられた人でも50代前半という若さです。経団連の役員の平均年齢が68歳ですから、ドライバーシートに老人が座り続ける日本が異様に見えたものです。

日本の組織では、高齢化がなかなか改善されないようです。しかしファーストジェネレーションがいつまでもトップにしがみついていては、次の世代が育ってきません。せっかく地中から顔を覗かせた新芽の群に、戸板をかぶせるようなものです。

ベテランには、ベテランなればこその知恵と経験を活かした仕事をしつつ、より若い活力が存分に活躍できるフィールドを用意すべきではないでしょうか。

● 熟してもなお、勉強は必要

38年間にわたり、さまざまな場面を経験してきたとはいえ、私とて「何でも知っている」わけではありません。ビジネスの分野だけに限っても、知らないこと、不得手なこと、知っておくべきではあるけれども、なかなか手を出せずにいることなどは、数多くあります。一毛作を無事終えた方々には、そうしたことをあらためて勉強し、思索を深めることをおすすめします。

私のことで言えば、サムスンの社外取締役に就任した頃、社団法人「国際経営者協会」の代表理事を引き受け、「裁量権」と「2050年のランドスケープ」というテーマを提案し、採択されました。

景気の良くない時代には、企業は未来ある若者やプロジェクトへの投資を絞り、内部留保の貯め込みに走ります。しかしこうした姿勢が常態化すると、企業は

活力を失っていくばかりですし、国レベルでの経済が閉塞していきます。その時、経営トップが最後に使う天下の宝刀が「裁量権」です。これを勉強することで、経営者が自社に対してどのような位置をとるべきか、どんな場合にどう動くべきかが見えてきます。

　もう一つの「2050年のランドスケープ」は、50年先の企業を取り巻く環境を予測し、それに至るステップを考察するという活動です。現時点で明らかになっている情報に精密な未来予測をかけ、確度の高い将来像を描いて、その中で自社がどのように活動するかを描き出していきます。国際経営者協会では、これらは活発な活動となり、その成果物は報告書や書籍にもなりました。

　ベテランにとって経験知は確かに頼りになる武器ですが、決して万能ではありません。必要に応じて新たな知識を吸収し、状況に合わせて思考する姿勢がなければ、前時代の遺物と化してしまいます。

● 便利なデジタルツールを、どんどん使おう

　私たちが社会に出た頃と比べると、今は本当に便利になったものだと思います。PCやスマホの普及、通信環境の充実、豊富なアプリ。これらデジタルの恩恵を、年齢を問わず多くの人々が、当たり前のように利用しています。企業活動においても、さまざまな形でデジ

タルを活用し、業務の効率化が図られています。

　こうした状況を踏まえて、私はいま経営・組織診断ソフトの開発を進めています。

　ひと昔前ならば、会社の健康状態は経営者自身が「感覚」によって掴んでいたものです。しかし組織が大きくなったり、業務が複雑になったりするうちに、どうしても見えない死角が増えていきますから、人間の肉体と同様、定期的な検診は有効なことです。そこでビックネームのコンサルの診断手法に劣らない診断システムを開発しているのです。日本を下支えする中小企業向けに......と始めた活動も10年を超えました。まだ改良・改善は必要ですが、企業の経営陣が自社の課題や問題点、手を入れるべき箇所に容易に気づくことができれば、日本の地力をしっかり支えることができると確信しています。

　現在の60代以上の方々の中には、デジタル処理やITツールにアレルギーを持つ方も多いようです。しかしこうしたツールを通じて、デジタルの便利さや強みを知り、活用していただきたいとも思います。

● 私が出会った、偉大な人物

　私の結婚生活は半世紀を超えました。新婚生活は、鍵を紛失してしまってドアの施錠もできない北小岩の3畳間のアパート「清風荘」、家具は粗大ゴミの集積所

から拾ってきた「ちゃぶ台」と「ちゃちな本棚」でした。食事は主にインスタントラーメン。趣味は「妄想」。よくこんな男と結婚してくれたものです。夫は当時から鉄砲玉で、ひとたび家を出たら、いつ帰るのかもわからない。そんな夫婦にもいつの間にか子供が生まれ、知らぬ間に成長して大学を卒業、いつの間にか社会に出て仕事をしています。実に、時の経つのは早いものですが、昔と変わらず、ワイフは私のそばにいてくれます。

　主導権は互分と見ているのですが......おそらく「お釈迦様の手のひら」というところでしょうか。どうやら私の負けであります。そんなワイフにはとても感謝しています。

　二毛作目も多事多難、まだその真っただ中にいますが、楽しく学び少しでも役に立つ人になるように生きていきたいものです。そして時々釣りや旅行も楽しみたいと欲張っております。

　今、本書をお読みいただいているあなたはいかがでしょう？　全幅の信頼と感謝を捧げることができる「偉大な人物」に、すでに出会うことができたでしょうか？

第 **2** 部
思索と道草の日々

001 ラーストミニッツの「開眼」

　今年は酷暑にもかかわらず、夏場よくゴルフをした。汗だくで、しかもいろいろとアドバイスを受けながら。「目前の一打に集中せよ」と言われ続けて。

　するとやがて、何か……来た来た、「これだったんだ！」と「開眼」の瞬間が訪れる。

　ところが……えっ！？　もう最終ホール！？　遅すぎるよ〜。

　かくして、凡人は開眼した技を試すことなく風呂上がりのビールを楽しむ。集中しすぎて気がつかなかったが、こんな繰り返しの間に、いつしか蝉の声がアブラゼミからヒグラシに変わっていた。

開いた眼を
閉じないためには?

夏の日のBGM

（2012/9/5）

002 追っかけ

　ステージの高橋真梨子は輝いていた。どう見たって
62歳には見えない。

　40年間もスポットライトを浴び続けるって、消耗す
るとは思うが、きっとエネルギーももらえるのかな？
ステージまで150ｍほど、この距離ではよく見えない
が、肌艶もよく声も実にのびのびとしている。

　曲目が変わった。な……なんと、何の前触れもなく
大ホールの4分の1ぐらいが立ち上がり、一斉に手を
打ち鳴らしウェービングし始めたではないか！　確か
同じような光景を映像で見たことがあるが、初めて目
の当たりにすると圧倒されてしまう。

　さらに驚いたことに、立ち上がって体を揺らしてい
る人たちは、みな私と同じくらいのジイさんとバアさ
んではないか！！　こりゃなんだ！！　でも、みんな幸
せそうだ！！

　……この人たちは「追っかけ」ですよ、と誰かが言っ
た。

　ふ〜ん。私の惑星では、ニューヨークでもロンドン
でもウィーンでも、聞かせる側と聞く側が、お行儀よ
く分かれていて、演奏の終わりに、「スタンディング
オベーション」とともに「ブラボー」とか「アンコー

ル」なんて掛け合いがあるぐらいなんだけどね。

　それに比べると、聞かせる側と聞く側の距離が圧倒的に違う。「混然一体」「スクランブル」、まるで「お好み焼き」。真梨ちゃんが見えないこともあって、自分まで立ちたくなってきた。

　この臨場感はなんなんだ！

　私の単純な頭ではわからないので、いっそ真梨子ちゃんの「オッカケ」になって、新しい幸福を体験してみるか！

2,115人の
17分14秒

「楽しい」を
追いかけよう

（2012/9/25）

003　夢追いの日々

　ハイティーンの頃の夢は、ジャーナリストか建築家になることだった。

　戦後復興の激動期の日本で、最も輝いていた職種だったせいかもしれない。いわゆる「ミーハー」。ペンの力で世界を動かしているように見えた「大森実」や「ウィルフレッド・バーチェット」や、復活の象徴ともいえる重要な建築物を次々に創造する「丹下健三」（今でいえば「安藤忠雄」）は憧れの存在で、彼等が活躍すればするほど、そこに将来の自分を投影させ、胸を熱くした。

　この胸を焦がす青春時代の感覚は、今も引き継がれている。

　やりたいこと、欲しいものができると、永い時間をかけて思いを寄せる。ちょうど裾野が広い山の頂上を目指す登山みたいなものだ。だらだらとした長い裾野を歩きながら幾度も頂上攻略のイメージを描くことで、エネルギーを最大に高め、いよいよ姿を現した頂上に向かってアタックを開始する。自分はどうやら、このプロセスが好きなのだろう。

　そうは言っても夢は実現できず、何度も何度も挫折も味わったが、我慢の過程で、それに倍する喜びも得

ることができた。

　中でも大きな収穫は、私の夢に付き合ってくれる友人が世界中にできたことだ。

（2012/9/30）

004 ベトウィンの知恵

　アカバの国境を越えヨルダンに入った。土埃をあげながら一路ペトラに向かう。緩やかな丘陵が続くがどこまで行っても土漠地帯だ。雇ったガイドは英国で大学を出た話好きな青年で、私たちの質問に淀みなく答える。

　小一時間も走った頃、200頭ほどの羊の群れを追うベトウィンが丘陵の谷間に姿を現した。「こんなところに人と動物がいるなんて」いささか驚いた。ガイドによると、丘陵地帯の谷間には、乏しいながら草は生えているそうである。また、ベトウィンは冬は暖かい低地、そして夏は涼しい高地へと、年間で500キロほどの距離を移動し続けているとのことだ。羊を追う仕事は、だいたいが女性の仕事であるらしい。

　ところで200頭ほどの白い羊の群の中に10頭ほど黒いのがいるが、あれは？との問いに、あれは山羊だよと教えてくれた。何故山羊を混ぜるのかという質問に、彼はこう答えた。羊は真っすぐ進む習性があるため、すぐ脇に草叢があっても、それを見過ごしてしまう。でも山羊は絶対に直進することはなく、草叢から草叢へと動き回る。そこで羊とは真逆の習性を持つ山羊を混ぜることで群を草叢に誘導し、羊が食べる草の

量を増やそうという狙いらしい。結果、群全体が健康
になる......。目から鱗が落ちるベトウィンの知恵だっ
た。

　以来、私は「5パーセント理論」の信奉者になった。

　集団全体の習性を変えるというのは重い課題だが、
異質なものである山羊に目をつけ、集団に加えること
で、穏やかな変化を実現している。

今を生きる
気高き人々

この違い、
ご存じですか?

モフモフが
いっぱい

（2012/10/27）

005 未来を共有する研究所

　私はこれまでに研究所を四つ創設した。

　一つ目は26歳の時、半導体専門商社の兼松セミコンダクターで。事業の成功のためには商社といえども、「技術を蓄積する組織と機能なしには、技術進歩の速いフィールドでは限界がすぐ来る」と上司を口説いて、東京の狛江に。

　二つ目は34歳の時、AMAT社と私が創業したDIC社のジョイントベンチャー「AMJ（アプライド・マテリアルズ・ジャパン）」で、「顧客との距離」の短縮を大幅に果たすには、技術統合の「テクノロジーセンター」が不可欠と、日本の空の玄関成田空港のすぐそばに。

　三つ目が48歳の時で、半導体の負けを液晶で取り返すという、日本の半導体／液晶業界の呼びかけに応え、小松とAMAT社のJV「AKT（アプライド・コマツ・テクノロジー社）」を設立し、震災の傷まだ癒えぬ神戸市の西神に。

　そして、四つ目が75歳の時。カーボンニュートラル時代の切り札は、「内燃機関の水素化（H2ICE）」と主張する人々の熱意に動かされ、アイラボ社を設立。その実証実験の拠点として甲府市の昭和という具合で、都合四つの研究所を開設した。

施設の呼称は「テクノロジーセンター」であったり、「エンジニアリングセンター」、「研究所」だったが、顧客に対して最も価値あるベンダーは、顧客が抱えている「課題を理解し、その解決に貢献するだけでなく、顧客と一体となって顧客の未来の課題に取り組むこと」と、深く信じていたからである。

　研究所創設にかかる投資は事業規模に対して過大なものだったが、結果として永きにわたり十分なリターンをもたらした。

　一つの事例だが、AMJの成田のテクノロジーセンターは、研究者50名を含む450人ほどが働く結構な規模で、日本だけでも90年代の後半には、年間売り上げ1,700億円をもたらす原動力となった。

　また、驚くような政治的効果ももたらした。パパブッシュの時代だったが、米国企業の日本進出の成功事例として当社を祝うべく、大統領名代として、クエール副大統領が立川基地からガンシップ（特別装甲のヘリコプター）で飛来した。

　我々にとって慶事であったが、成田市にとっては予定もしていなかった警護のための費用負担が半端じゃなかったようで、「岩﨑さん、あまり大それたことをしないでほしい」と懇願された。

　今振り返って、「研究所を持ったことの最大のリターン」は何かと問うと、多くの人に育つ場を提供できたことだ。

今ではそれらの人たちは、日本だけではなく、世界中で大活躍している。

ルビー色の誘惑

上が下で、
昇りが降り

（2012/10/29）

006 キュートなモンスター「ミク」

　約1年ほど前だろうか、私はこの子に会っている。

　テレビだったか雑誌だったかは不明だが、彼女は記憶の片隅で出番を待っていた。何か気になっていたので最近になって検索した。そうか「初音ミク」という名前なんだ。スタイリッシュでダンスがうまく、歌もいい。それにかわいい。

　以来、電子の歌姫「ミク」のことが頭を離れない。夜な夜な「ミク」が踊り歌うのだ。最近になって、気になっていた予感のようなものの正体がわかってきた。

　まずは、テクノロジーの進歩はここまで来たかという感慨だった。

　映像や音のエンジニアリングがここまで発達して、かつては高額な機器と多くの専門家の手を要した作業が、自宅でできるまでになったのだ。

　素人の関与を拒み続けたプロの独占作業に、素人が土足で入り込むコモディティ化の大波の中で、もはや職人の居場所は無くなり、消え失せそうに見えてきた。簡単なツールさえ買えば、誰でも「私のミク」が作れるのだ。

　テクノロジーの進歩は続いている。「ミク」の映像や歌、そして動きの品質はまだまだプリミティブだ。し

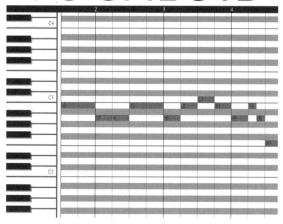

かしこれとて時間の問題だ。

　もっともっとリアルに「ミク」は変身し、「ミク」に次ぐハイパーバーチャルタレントが続々登場するのは間違いない。しかもホログラムなどの技術も利用されれば、エンターテイメントの世界に大変革が起こるだろう。

　ミクはまさに、新時代を開いたのだ。少なくとも私にはそう思える。

　日本の漫画文化はユニークだ。「ミク」には日本の漫画のDNAがあるように感じる。この大変革の先導役を日本が務められればうれしい。

　もう一つの発見は、「私の“初音ミク”」のクリエーターが世界中に増えていることだ。皆が自分の「ミ

ク」を作る。その自分のミクが世界中のステージでデビューを果たす。

　実世界は障害ばかりで、ほんの一握りの幸運なものに許される機会が、誰にも与えられるのだ。

　この爆発的なクリエーター増殖の原動力は、所有する、認められるという人間の根幹の欲望と結びついていることだ。「私の"ミク"」は自分の分身。共感という表現もみられるが、それ以上だ。

　このキュートなモンスターから目が離せない。

仲間も
いるんですよ

ご存じ
だったのですか!

豪華絢爛、
熱狂乱舞

（2012/11/12）

　アシカの声が聞こえるモントレー海岸近くのホテルでのシーンが脳裏によみがえった。もう20年も前のことだ。国籍やプロフェッションの違う20人ほどが集まって「液晶フラットパネルディスプレイ（製造装置）事業」への参入の是非を決める喧々諤々の議論をしていた。

　実は会議の主催者は私で、そのときすでに心の中では参入を決意していた。ところが、会議の結論は、期待と真逆の「参入すべきでない」という方向に傾いて

いた。反対の理由は、当社は最後発の市場参入者で実績がないこと、当時のTFT液晶ディスプレイパネルの品質は悪く、PCなどへの搭載率もまだ低く、市場サイズも半導体装置ビジネスの20分の1程度と小さいこと。仮に本格搭載が始まっても、フラットパネルの最終需要先がコンシューマーで、強烈な値下げが要求されるコモディティ製品であることから、そのパネルを創るための製造設備にも値引き圧力が猛烈で利益確保が困難となりかねないこと。また半導体のような微細化を可能とする技術開発で付加価値を付けることが困難といった、参入してはいけない理由盛沢山の「反対」ディベートだった。

　私は、品質問題を解決する新技術を検証し、業界1位と2位の顧客の支援を確保する、競合より強力な経営リソースを即刻手に入れる、競合の追随を許さない断トツのトップメーカーになること。そしてノートブックPCからデスクトップPC、そしてテレビと続く成長市場で盤石の事業基盤を築くこと。私自身が事業の牽引をする責任者になることを力説し、反対者を説得し最後には参入を決めた。

　私のディベートは反論には十分留意し敬意も払うが、最後は自分が創りたい未来を「俺に創らせろ」という半ば強引なものだった。

　1993年秋にAKT（アプライド・コマツ・テクノロジー）

を創立し、1995年秋に阪神淡路大震災の傷癒えぬ神戸に新社屋を建て、本社を置いた。カリフォルニアに研究開発チームを置き、テキサスに製造拠点を置くグローバルカンパニーのスタートだ。幸いに新技術を取り入れたシステムは、それまでの品質問題を解決しただけでなく、生産性を飛躍的に改善したことで業界のデファクトとなり、第1位及び2位の顧客にとどまらず、日本のほとんどの顧客と急速に台頭する韓国や台湾勢にも急速に採用されるに至った。

またコマツと合弁会社を設立したことで、優秀な経営人材を短期日に迎え入れることができ、その後の急速なアジア全域への事業拡大を可能とした。

創立して10年目でAKTは市場シェア0％から95％、売り上げ規模0円から1,000億円のグローバルリーダーとなった。

途中（創業4年目）にマーケットの落込みを心配したAMATボードによる事業縮小勧告を受けるも拒否し、かつてないファブライト事業モデルに進化することで、ボードに反対意見の撤回を勝ち取った。

皮肉なことに、かつての参入反対論の指摘は、この20年の間で、日本の顧客（液晶パネルメーカー）に顕著に表れた。コモディティ化の著しい産業で、差別化の難しい中で激烈な競争を繰り返し、韓国勢や台湾勢の攻勢に押しまくられ、最後には疲労困憊して市場から大多数が退出してしまった。心が無い未来の設計図

は無いに等しい。

　反対論者の指摘するような未来は創らないという「意志（こころ）」がなくて、「運」も味方してくれなかったら、私も退出をしていただろう。

手つかずの自然と
海の男たち

種類はいろいろ
ありますが

鍛えよ、
されば開かれん

（2013/1/8）

008　隣人より学ぶ

　2000年から2006年までの6年間、月に1回のペースで韓国のソウルに通った。それ以前と以降を含め渡韓回数は80回ほどにもなったが、不束にも韓国語は覚えなかった。

　あの巨大企業サムスン電子の社外取締役に就任した当時は、これほどの回数を来ることになるとは想像もしなかったのと、渡韓の目的が取締役会での審議で観光旅行ではないため、中途半端な韓国語を話すより、他の外国人取締役にも通じる英語で話すことを選んだからだ。

　今考えると英語とは別に韓国語を学ぶべきで、愚かな判断だった。これほど大事な隣人（韓国）と、もっとわかりあえる機会を損なったという気がした。

　取締役に就任した2000年は、サムスンの歴史からすると、1938年の創業から1980年までの"起業黎明期"、それから2000年までの"転換過渡期"、そして次の20年を見据えた"成長拡大期"に向けた「ジャンプ」を踏み切った年だった。

　ただ、ジャンプ直前の1997年のアジア通貨危機は、韓国にとっても大打撃だった。大企業30社のうち16社が破綻し、サムスンも経営破綻の崖っぷちに立たされ

たが、思い切った構造改革とリサイジング（大縮小）を敢行し、その後の飛躍に繋がる基盤作りに成功していた。

就任直後の（政治との癒着や財閥関与の統治があると反対する株主との）7時間に及ぶド迫力の株主総会で、私の6年間に及ぶ任期がスタートした。

私は二期6年役員をつとめ、サムスンが巨大企業に変身していく様を内と外から見守り続けたが、この期間は瞬く間でもあり、多くを学んだ濃密な期間ともなった。中でも記憶に残るのは、苦境の中から不死鳥のようによみがえり未来に羽ばたくための、猛烈な痛みを伴う愚直ともいえる取り組みの重要さだ。

今、日本の産業界の最大の関心事は、「復活」だ。安倍内閣の最大のミッションは「復活と成長」で、あらゆる手段を駆使する「アベノミクス」というカンフル剤の投与だ。

市場は好転するとの変化を期待して「リアクト（反応）」している。だが、カンフル剤には下手をすると激しい副作用もある。効いている間に病根への本格的な手立てが急務だ。サムスンの李会長の、「女房と子供以外は全部変えろ」はあまりにも有名な言葉だ。

復活を願う企業の経営者にとって、現在の状況はまさに正念場で、グローバル時代を生き抜く重要課題を見極め、取り組まなくてはならない。ベンチマークには事欠かない。サムスンでもアップルでもシスコでも

アマゾンでも、いくらでもある。いかにして彼らに勝つかを、死に物狂いで考え抜くことが必要だ。

　事実、サムスンは1990年代中ごろまで必死に、ベンチマークの日本企業を追っていたのだ。

　今度は日本の番だ。

　安倍内閣は、民間投資を喚起する成長戦略の具現化と推進を図るため、産業競争力会議を設置したが、そこに私の敬愛するコマツの坂根会長が招聘された。たまたまテレビのインタビューを受けた坂根さんが、コマツ入社50年になるが、今ほど日本発のグローバルビジネスで成功させる自信を持った時はなかったと明言していた。実に嬉しいコメントだった。

　実は私は坂根さんと、日本を本社とするグローバルビジネスを立ち上げるために、1993年に合弁会社「AKT（アプライド・コマツ・テクノロジー）」社を立ち上げた経験があったからだ。AKTの社長を務めた関係でコマツの経営手法や企業文化、品質への取り組み、海外への進出など、いろいろ学ぶ機会があったが、何より大事とされることへの拘りや、愚直とも思える取り組みに感銘したものだ。

　予断ではあるが、AKTから1998年にコマツは退出したものの、日本生まれのAKTは、1995年以来世界ダントツ1位の地位を守り続けている。

　復活と成長を狙う企業と経営者は、坂根さんの自信の裏にある「愚直」なまでの「地道」な努力が何かを

見出し、カンフル剤に頼らず徹底してやりぬく事がま
ずは肝心だ。

（2013/1/30）

009 思い込み

　誰にでも思い込みはある。思い込みが過ぎると、見えないものまで見えるようになる。

　私がスポーツカー（ポルシェ・GT-2）でゴルフ場に着いたのを見ていた、同じくスポーツカーマニアの方と偶然プレイをすることになった。ランチタイムに、彼は若いころの「動体視力」の話を始めた。

　当時の彼がレーストラックを時速200㎞で走っている時、彼の車に向かって飛んでくる、ツバメの目玉を視認できたというのである。

　私も（内緒だが）それぐらいのスピードで走ったことがあるが、ツバメどころかカラスだってハトだって、全く見えなかった。

なのにツバメの目玉が見えたとは......Oh boy!!

　彼はとてもホラ吹きには見えない、好印象のナイスミドルだったが、私はその話が頭にこびりついていたのか、後半のゴルフに悪影響が出た。ツバメの目玉の千倍も大きな、しかも止まっているゴルフボールすら空振りしてしまうありさまだ。

　ツバメと名が付く鳥はいくつかいるが、中にはスピード自慢のものもいて、その速度は時速170㎞にもなるという。

　対抗する車速が200㎞とすると、実質時速370㎞だ。レーストラックの直線部分でツバメと交差する時のスピードは秒速102.7ｍ。

　そりゃ見えるわけないわな！　とはいうものの、視力検査のボードの最下部が全部見えたら視力2.0とのことで、アフリカには視力4.0という人もいるらしい......と考えると、「いや、抜群に視力が良ければ、本当に見えるのかも」と、自信がなくなった。

　そうこうするうち、好機が巡ってきた。

　Ｆ１ドライバーでF1モナコGP、インディ500マイルレース、ルマン24時間レースの３大レースに出場した初の日本人ドライバーである中野信治氏とお会いしたのである。

　私の疑問をぶつけてみると、中野氏は「見えませんし、見えたら、あの世行きです」とのことだった。

　私も思い込みはある方だ。若いころは「絶対〇〇だ」

などという思い込みに縛られていたものだった。きっと当時はツバメの目玉に代わる色々な、見えないものが見えていたのだろう。

目玉の筋トレ

ふたつの「世界最速」

（2013/2/12）

010 東京湾　多様な顔（1）

　最近、週末は東京湾の東側、房総竹岡で過ごす事が多い。

　目の前を大型船が行き交い、正面には冠雪した富士の勇姿が見え、左手には大島、右手には横浜が遠望できる絶景の海辺で、飽きる事のない変化が24時間見られるのがいい。しかし、こんな素晴らしい眺望の下でもいろんなものが見えてくる。

「江戸前」は死語になる

　徳川家康が江戸城を構えて以来、東京湾（当時は内海といったらしい）は海鮮物を供給する「江戸前（江戸城の前の海産物）」の食糧庫としての役割を果たしてきた。今も築地市場に並ぶ魚介類を見れば、その種類の多さに目を見張り、東京湾の豊かさと錯覚しかねない。実際は東京湾でとれる量も種類も激減していて、アナゴやカレイ、ヒラメ、クルマエビ、カニ、貝といった海底の魚介類は築地に並ぶほどは取れないそうだ。見た目は穏やかな海だが、海の中では大変な事が進行中だということだ。

　竹岡に来て暫くして旋網（まき網と呼ぶ）漁業者の島野さんと知り合い、親しくお付き合いをしている中で、教えられることは多い。

怖い話ではあるが、東京湾が食糧庫としての役割を急速に失っていて、既に江戸前という従来の意味は死語になりつつあるというではないか。

　事実、1960年がピークとされる東京湾内の漁獲量18万8,000トンが、2003年には10分の1の1万8,000トンに激減し、今も減り続けていると聞くと怖くなる。かつて東京湾には旋網漁業者が20ケ統（軒）あったそうだが、今では神奈川県に1ケ統と千葉の5ケ統の6ケ統に減ったとのことだ。

　島野さんは年間500〜600トンほどの水揚げで、東京湾の最南端が主たる漁場だ。島野さんの言によると、魚を求めて移動する漁法の旋網漁業でさえダメージを受けているのに、地場で刺し網などに頼っている漁法はもっとダメージが大きく、廃業している数ははるかに多いはず……という。

　この現象の原因について、行政と漁業者の言い分は割れている。行政は乱獲だといい、漁民は水質の悪化を挙げる。私のような素人は、もうかなり前から生活排水や工場排水に対する管理が徹底してきて水質が改善し、海がきれいになって、河川に魚が戻ってきたと思いこんでいただけに、漁獲量の減少が続いている事は驚きであった。

　島野さんによると、ケミカルで人為的に浄化された水は、透明にはなるものの魚が住める水ではなく、海藻（アマモ）も育たず産卵場や稚魚が育つ場を奪って

いるという。実際に市場価値がなく全く漁業の対象になっていない魚までもが姿を消している事を、行政側の乱獲説への反証としてあげている。

ただ、一方ブラックバスのように何でも食べ、汽水域を好む鱸（スズキ）の数は4〜5倍に増えているということだ。

島野さんの言うには、本来海が持っている自然の浄化能力を超える汚染が続いているらしい。東京湾に流入する汚れ（COD）は、行政側の指摘の通り過去25年間で半分に減っているようだが、その絶対量は半端ではないようだ。

事実、東京湾に流れ込む河川の流域人口は2,850万人に上り、日本の人口の約22％にもなるようで、上下水道の未整備地域はまだ10％も残っているとのことだ。

それに、過去に海に流入し海底に沈殿した汚泥からは、今も汚れが海水に溶け出しているようで、それらの汚れの総和が湾の自然浄化能力を上回っているというのだ。特に夏場に魚介類を絶滅に追い込む青潮や赤潮の発生は今も続き、発生の度に貧酸素海水域（デッドゾーン）を広げているようだ。埋め立てや護岸などで、本来汚染の浄化に大きな役割を果たしてきた干潟や自然海岸が姿を消しつつあり、その面積はかっての8分の1にまで減っているらしい。

汚染された海水の希釈に干満の差が大きく寄与するのではないかと考え試算してみた。観音崎と富津岬か

ら以北の東京湾は琵琶湖の1.5倍の面積で平均水深17m、最大の干満の差が2mとして、約12%の海水が出入りする。これが毎日約2回あるので2日でほぼ全量入れ替わるのだが、そううまくはいかないようだ。これが有明海のように6mもあれば、毎回35%も入れ替わり、世界一干満差の大きいカナダのファンディ湾の15mという事になると毎回ほぼ全量入れ替わる事になる。そうなると、江戸前どころか、サーフィンのメッカになるかもしれない。

　話は余談だが、東京湾にはかなりの数の魚の稚魚の放流が行われているとのことだ。タイやヒラメ、かつてはクルマエビなども放流されていた。4〜5cmの稚魚を放ち、大きくなったところで漁獲して食卓に並ぶ事になるが、漁師には獲った魚を見れば天然ものか放流ものか判別できるとのことだ。

　鯛は天然ものだと鼻の穴が2つで、放流したものは2つが連なってひとつになっているという。また鰤（イナダ）等は稚魚の時に囲い網と触れてできる痕跡が尾ひれに残っているとのことだ。東京湾がかつての江戸前の海に戻るのは、かなえられない願望だろうか。

「戦争」が残した海辺の日常

　ここにきて暫く続く好天の一日、磯を潜り北に向かう5〜6人の海女を見た。後日わかった事だが、この辺の海女さんは全部が在日韓国人とのことだ。見た目

には70歳を下らないかなり年配の方から、50歳代の方、それからもう少し若く見える人もいて3世代の海女さんから成っているようだ。

　出身地は済州島や釜山あたりで、終戦直前に日本軍に徴用されて、米軍の首都上陸を想定した海上防衛ラインの強化作業に当たらされたらしい。潜水艦の侵入を防ぐ防潜網の敷設や、それより外に向かった湾口側に機雷などを敷設する作業だ。島野さんの話では、それ以外にも、内房の海岸線に沿った水深5〜10メートルに繁茂し海中林を成す「カジメ（搗布）」を刈り取り、乾かし燃やした灰から「硝酸アンモニュウム」を取り出し、爆薬を作る作業もさせられていたそうである。確かに1943年に戦意高揚のために、軍部の命令で作られた国策映画「戦争と海藻」でも硝安爆薬のことが触れられているようで、広く砲弾用爆薬の材料として利用されていたようだ。

　カジメは竹岡に来て初めて見たが、太い幹を持つ茶褐色の昆布のような海草で、刻んでみそ汁などで食すと「とろろ」のようなぬめりと濃厚な旨味があり大変美味しい。地元では2月初旬の早春の食材として楽しまれている。この時期になると、寒風の吹く磯に船を出し、長い竹竿の先についた鎌でカジメを刈り取っている光景に出くわす。また、カジメの海底林は魚介類にとっても大事な餌場であり、産卵や孵化した稚魚が育つ場でもある。

さて、運命に翻弄された韓国人の海女に話を戻そう。

　真相のほどは不明だが、終戦時に韓国への帰還という選択肢がある中で、母国からは日本軍に協力したとみられ、帰国の道を閉ざされ、残留の道を選ばざるを得なかったという話を聞いた。

　海岸線の漁業権は漁師によって独占されている事や、まして日本人ではない彼女たちが、漁師の利権とぶつかる中で、海女として生計を立てるには大変な苦労があったであろう事が容易に推察され、心が痛んだ。

　また、そのような話は房総だけではなく、全国的にあるものと聞いた。

　さて、意識してみると戦争の置き土産はそれだけではなく、東京湾のあちらこちらにも見られる。

（2013/3/14）

011　東京湾　多様な顔（2）

　古くは200年もの鎖国が破られた、1853年（寛永6年）のペリーの浦賀来訪を契機に、緊急対応として品川に6基の砲台基地「お台場」ができたことが（首都）防衛の始まりのようだ。徳川幕府に開国をせまるアメリカ、ロシア、フランス、英国などの外国の脅威は深刻だったようで、矢継ぎ早に作られた砲台跡が各地に残る。

　時代が進み、明治になってからも東京湾の要塞化は進められた。富津岬と三浦半島の観音崎を結ぶ海上には、清国北洋水師（艦隊）やロシア太平洋艦隊の進攻に備え、9年の歳月と31万人を動員して構築した第一海堡、もう少し深いところに約30年かけて構築した第二、第三海堡がある。

　第一海堡は今でも竹岡から視認できる。一方、完成2年後の関東大震災で被災した第三海堡は水没し暗礁化し、海上部分は残ったものの損傷激しい第二海堡は灯台が設置されただけで放棄された。昭和に入ってからも、軍縮で艦船から取り外された艦砲が、海軍から移管され第一海堡に設置されたようである。これによって沿岸砲台と海堡と横須賀近辺の砲台による二重の備えを持ったようである。

観音崎裏に位置する横須賀もここからは見えないが、今日では自衛隊と米海軍の艦隊の中で、最大規模と戦力を誇る第7艦隊基地があり、ときどきではあるが、浮上して航行する潜水艦やジョージ・ワシントン原子力空母も見る事ができる。東京湾の戦略的役割は時代とともに変化してきているが、今でも日本の、極東の、戦略上の重要拠点としての機能を果たしているようだ。

首都の護りの
その後

無人島の遺構

（2013/3/14）

012　国の花

　ソウルは、桜の真っ盛り。一斉に芽吹きが始まる春の序幕にふさわしい。

　さてと、わたしが桜花を見て感じるようなことを韓国の人は感じるのだろうか？　ふと疑問を抱いた。梅や桃の花にはない、桜の花が持つ艶やかでかつ散り際の潔さを愛でる日本人のようなセンチメントを、韓国の人々は感じるのだろうか？

　桜の生まれ故郷に近い中国では、梅やすもも、牡丹やシャクヤクの方が好まれているように思う。

　ちなみに韓国の国の花は木槿（ムクゲ）だ。インドや中国原産といわれ、俳句の季語では秋であり、桜ほどの樹高がある。確かに夏から秋にかけて咲くムクゲは美しい。美しさにまったく異議はないが、何故ムクゲなんだろうか？

　一方の中国では桜にもムクゲにも興味はないらしく、牡丹や梅を国の花としているという話を聞いた。

　実に世界は多様で面白い。

盛夏を飾る大輪

江戸に生まれた
クローン

（2013/4/12）

013 馬鹿社員求む

　従業員の平均年齢が32歳という会社に行ってきた。可愛い兄ちゃん、姉ちゃんが一杯いて、成長著しい伸び盛りの会社だ。32歳は私が独立した年齢でもあり、タイムスリップしたかのごとく当時の情景を思い出した。

　あの頃は残業に次ぐ残業で、そのあと徹夜マージャンなんてざらだった。はたから見ると狂気の沙汰だが、振り返ってみるとその濃密な狂った時間が懐かしくもあり恋しくもある。

　今日訪れた会社は素晴らしい会社だが、人事の担当者いわく、仕事がきつくなってくると体調不良者が結構出るそうだ。このような会社の経営者は大変だ。経営危機を乗り切るのは容易ではないので、かつての私のような向こう見ずの馬鹿社員も必要ではなかろうかと思った。

　桜は満開、今日は久しぶりに酒でも飲もう。

　　　　　　　（2013/4/14）

今どきの就活

014　ソウルフレンド

ソウルフレンドと呼べる人は、滅多にいない。ダンとダリアはまさにそんなカップルだ。

ダンはベル研究所でプラズマとX線とレーザーの研究に従事し、ダリアは大学で量子物理学を教える科学者夫婦だ。二人とも建国間もないイスラエルに生まれ、中東戦争にも従軍した。イスラエルとヨルダンを分かつ死海のほとりのマサダ砦を訪れた時、新兵を迎え入れる準備の光景に出くわした。赤々と燃える松明に照らし出された頂上から400m下に、包囲網を敷いたローマ軍の陣地跡が夕闇に白く浮き上がる。陥落の屈辱より自決を選んだユダヤ民族の亡国の嘆きが聞こえるようだ。

新兵は、はためく国旗のもと「Masada shall never fall again」と固く誓うとのことだ。ダンとダリアにいつも感じる「誇り」は、長い流浪の年月にも決して色あせぬ、ユダヤ民族の国家への帰依と繁栄を願う心なのだろう。

日本は世界最古の王制（天皇制）を敷く国だ。諸説あるが初代天皇は神武天皇で、建国は紀元前660年である。その建国の日2月11日がまもなくだ。

戦後の米軍の占領下、紀元節は意図的に軽視されて

きた節がある。日本人と国家のルーツに思いを馳せない、それらの人があって今日の自分がいることを感謝しない民族の未来はどうなるのだろうか。

　ダンとダリアは私に日本人の誇りを気付かせてくれた魂の友である。

世界に冠たる
研究所

（2013/04/25）

015 Girls be Ambitious

　最近いいニュースがない中で、例外とも言えるいいニュースがある。それはじわじわと輝きを増している大和撫子の台頭だ。草食系男子が増えたなどと戯けたことを言っている間に、我々の存在の過半を占める女性の肉食化が進んだようだ。スポーツ界では、身体の大きさでハンデを負う日本女性の活躍が目覚しい。

　日本再生の鍵は「ウーマンパワー」の活用だ。すでにかなり前から大卒者の入社試験の成績は明らかに女性上位だ。仕事をしたって、外国に出張したって、女性たちは男性ほどには、異文化に対して躊躇はしない。それにも関わらず、女性の登用事情はみすぼらしい限りだ。阿呆で決断できない男どもや老人たちが居座って機会を奪っているからだ。

　女性の未来は青天井だ。ただ、一つだけ是非とも聞いていただきたいことがある。これは、久しく男どもからきこえてこないことだが「Girls, be ambitious」ということだ。小さい志ではなく大志を抱いて欲しい。幸運に恵まれて少し成功してIPOを果たし、富も認知も得てヒルズに住んでグルメ三昧などと、ケチなことにうつつを抜かすことはしないでほしい。クラーク教授の言葉を少し続けたい。

「Boys, be ambitious not for money or selfish aggrandizement, not for that evanescence thing which men call fame.」

　富や名声なんてものは所詮副産物でしかない。今の閉塞感をブチ破るのは、究極のところ高い志だと思う。それなくしてはこの複雑な課題の克服はできない。

5分でわかる、
あの人のこと

ちゃんと法律も
あるんです

（2013/5/2）

Krug　洒落た夕べ

　クリュッグのシャンペンを大いに楽しんだ。

　ちょうど14年前の今頃、クリュッグの当主が来日の際、VIPを招いたパーティに私も招待された。パーティ会場は葉山の海辺の美術館で、黒塗りのハイヤーが自宅まで迎えに来た。

　日没直前の玄関に勢ぞろいした黒服の手にはシャンペングラス。招き入れられた館内で絵画を楽しみながら進むうちに海を見下ろす中庭に出た。静かに微笑む当主の迎えを受けた。日没と共に燃やされるかがり火、がけ下から聞こえてくる潮騒、そよそよと頬をなでる海風、天空に数を増す星明り、珠玉のときが過ぎる。

　やがて小さなステージに一人が立ち、おもむろに当日のシャンペンの説明が始まる。

あっ、田崎信也だ。彼は、グラスの底から立ち上がる
シルキーなゴールドの泡について話す。話し終えると
日の落ちた青黒い海に向かって指を鳴らした。と、ど
うだろう、説明したばかりの泡のような光り輝く花火
が打ち上げられた。中空に達した花火はいっせいに水
平に散る。想像もしていなかった光景だ。説明は続く。
輝き、香り、テイスト、実に見事な説明だ。そのたび
に沖の台船から、イメージ通りの花火が打ちあがる。5
本ほど打ち上げられたところで、クリュッグの当主が
壇上に上がる。簡単な歓迎の言葉についで、今度は彼
が指を鳴らす。350発もの花火の連発が始まる。

　すべてを打ち上げ終わったときがパーティの終わり
だ。また、元の静かな空間に戻る。ビジネス臭を全く
感じさせない、異様な空間で体験した最高のエンター
テイメントだった。後日談だが、田崎氏によれば、花
火師と1年もかけてこの日の準備をしたそうだ。

　迂闊にも一人で行ったことは、後悔の種だった。

音楽との
マリアージュ

天使の拍手、
終わらない上昇気運

（2013/7/2）

017 モンスターチルドレン

　私の孫のお気に入りは、スティーブ（ジョブズ）おじさんがくれたiPad。なかでもスティーブ（チェン）兄ちゃんたちの作ったYouTubeをダウンロードして遊ぶのが大好き。こんな遊びに手を染めたのが1歳半だ。

　今ではベテランの2歳半、日本語の前にアルファベットを覚え、AからZまでスーラスラ。ひらがなもカタカナもまだ興味なし。日本語もまだ片言。直径5ミリほどの指を使って画面を操る。あまりに熱中しているため、当面紙オムツは外せそうにない。

　いゃ～何と言ったらいいのか、これこそ「モンスターチルドレン」だ。

　この子たちの作る世の中ってどうなるのかな？　孫に空恐ろしさを感じつつも、時々は私の腕の中に飛び込んでくれるので、少し安心する。そんな先のことを考えるのはやめよう。

デジタルネイティブ
の育て方

進化する林檎たち

（2013/8/15）

018 同居人

　私の家を我が家だという輩がいる。時々朝の散歩に姿を見せては好き勝手にあちらこちらを闊歩する。まだ名前はないが、人間のつけた名前なんぞに興味などないことは確かだ。新聞に目を落としている間に、どこかに消えた。何か彼の鼻唄が聞こえる気がする。家賃も払っていないくせに、堂々とした奴だ。

よく見れば、
意外とキュート

富の象徴を
身につけよう

（2013/10/7）

019 切れ過ぎる刀

「よき細工は、少しにぶき刀を使ふといふ」

徒然草、第二百二十九段の一節である。

腕のいい細工師は、切れ味の少し落ちる小刀を用いるそうだ。彫刻の名人、妙観の小刀はあまりよく切れない。利きすぎる腕を、ほどよく抑えるためである。古今東西、伝えられることに違和感はない。

大向こうをうならせようと力瘤が入った兄さんに、切れる刀を持たせるのは大変怖い。切るべき場所や相手、そして時や目的を間違える。

徒然草をもう一度読め。もちろん、愚鈍なる私も読もう。

ウィッシュのDAIGO氏の祖父は、「言語明瞭意味不明瞭」で、総理まで上り詰めた人だ。他にも、長い「アー、ウー」の後によく聞こえない声で答弁する、「音声不明瞭、ロジック明瞭」と言われた総理もいた。

スタイルはそれぞれだが、昔の政治家には、昨今の政治家よりもう少し成熟さを感じた。

停滞した政治の世界に新風を期待されている維新代表は、明快な論理で弁が立つ代表選手だ。

ただ今回の慰安婦や駐留米兵に関する「しゃべくり」は「言語明瞭意図不明瞭」だ。外国にモノ申すと

いう日本を意識した発言は「日本村のロジック」であり、外には通用しない。むしろ反発が持ち上がり時間をかなりとられるだろう。もっとほかの優先課題があるのにだ。

あなたは誰?

骨も砕けよッ!

（2013/11/5）

020 「Z軸（上下）」で季節を楽しむ

　日本列島は九州南端から北海道北端まで、南北に1,900㎞と長く、四季が明確で、春は南から北へ秋は北から南へと移動する。桜前線でみると約1ヶ月で列島を走り抜ける。時速2.64㎞で1日に63㎞の速度で移動する事になる。こんな環境に育って、四季の移り変わりを楽しめる日本人って幸せだ。実は隠していた訳ではないが、季節の移り変わりをチョット違う方法で楽しんできた。季節が上下にも移動することを見てきたからだ。

　桜前線は、関東に到達した時点から約1ヶ月をかけて標高1,200ｍに昇って行く。一日に40ｍ、時速1.7ｍ相当だ。蓼科に別荘を持ったお陰で学んだことだ。

　別荘地は標高1,700ｍで、紅葉が真っ盛りだ。ナナカマド、山桜、山葡萄などのつる草が朱色を競い合い、ダケカンバや白樺が黄色の絵の具をぶちまけたように山肌を彩る。

　昔読んだ愚作を一句。

　霧はれて姿表す車山　絶句するかの錦織は織りて

　来月早々に1,000ｍのゴルフ場で紅葉の到来を友人

たちと迎え、夜は熱燗で、谷川の音を聞こうかなどと
考えている。

　こんな、季節の楽しみ方もいいものです。

冬と春を
一日で楽しむ法

南の島、
実は寒かった

（2013/11/10）

021 票田の由来とTPP

　TPP加盟による農業への深刻な影響が叫ばれているが、米作りをする田が補助金でまみれた票田と化して久しい。農林省の補助金をたっぷり受け取ってきた農協は集票機関化し、その支援で生まれた政治家は「官」へのロビー活動に余念なく、官は補助金を出すという、鉄壁のトライアングルが日本の農業を衰退させてきた。

　米作り農家の平均年齢は74歳だということを知るにつけ、TPPの前に農業は崩壊しており「福祉産業」になってしまったといって過言ではない。

　山間部の稲作と棚田は切り離せず、日本の農家の原風景となっているが、減反政策の中で巨額の補助金交付を受けて、復活が不可能なほどに原野になった棚田はかなり多いはずだ。

世界で底強い日本食ブームは続いている。

私の友人は米国でテイクアウト型寿司屋チェーン「GENJI」を営んでいる。もっとも味の良い寿司屋として現地では折り紙つきだが、そこで使われているお米が日本産でないという可能性はかなり高い。聞くのが不安だ。

世界に広がる日本ブームの中で、その好機に乗り切れない日本がいる。

（2014/1/30）

022 シリコンバレーのダイナミズム

　世界に吹いている風を感じたくて、2年に1回のペースでスマートバレー（シリコンバレー）に出向く。

　最近はかなり元気を取り戻したようだ。行きかう車の量も街を歩く人の数もレストランも人であふれている。2年前は交差点にボードを持って立ちつくすJob seekerの姿も見られたが、今回は皆無だった。

　2008年にシュワルツェネッガー州知事がカリフォルニア州の財政が危機に瀕していると言って歳出の削減に取り組み出していたが、もはやメディアも騒ぎたてていないところを見ると、問題は解消に向かっていると思われる。

　州の憲法では歳入と歳出が均衡する均衡予算を義務付けていることや、歳入のかなりの部分が個人所得に依存していることを考慮すると、徹底的に歳出が圧縮されたところに景気の回復も起こり、雇用が拡大し個人所得が増え、歳入も増加したということが起こっているようだ。

　赤字予算を平気で組み続ける日本と対比すると、危機的状態から数年でよみがえるダイナミズムに雲泥の差がある。この回復力は一体何なのか、そしてスマートバレーから次にどんな風が吹くのかは、大いに興味

の湧くところだ。

　世界をリードする産業が次々とスマートバレーから生まれていることは周知の通り。半導体、PC、ソフトウェア、e-コマース、クラウド、SNS。この次の風はすでに吹き始めていた。

　日本でも、新たな風に加えてこれらを生み出すエコシステムの進化も起きているが、模倣の域を出ていないし、肝心な瞳が入っていない。あまりにもふがいない日本の動きをみていると、まだ、くたばってはいられないとつくづく感じた。

凄い地図だな…

戸惑う
日本式就活

（2014/2/10）

023 データマイニング最先端

　設立10年目ぐらいのLinkedin社を訪問した。

　かつて訪問したスタンフォード大学のキャンパスのような雰囲気で、人種も性別も完全にミックス。従業員の平均年齢は31歳、男性64％、女性36％、会員数2億2,500万人で今後6億人に増やすとのこと。

　彼らのサービスは3つ。タレント（人材）とマーケット（市場）とセールスソリューション（商品や販売）。

　会員数100万人までは時間がかかったが、それ以降の伸び数は急速だったとのこと。英語圏、インドやシンガポールなどの伸びが顕著。リージョン別の会員数や伸び、たとえばサムスンとSONYなど企業の会員数などの比較分析をしても、いろいろなことがわかるとのこと。

　彼らの収入源は3つのサービスの提供を通じたものだが、これは狙いのほんの入り口にすぎない。会員から集めた情報の山から、次々と価値あるサービスや商品を作り出す「データマイニング」の時代が急速に広がっている。

　工場に当たる創作の現場は、世界中から集まってくる秀才の頭脳だ。キャンパスに当たるフロアにはあちこちに人の群れがあって、それぞれがターゲット課題

に取り組んでいた。

VCも訪問した。かつては半導体やソーラー、ソフト開発などに向かっていた資金は急速に縮小しただけでなく、出資先も中国などのアジアで、もっとも積極的なのはLinkedinなどの膨大な情報の山から新サービスを創り出す「データマイニング」の分野とのこと。出資額が小さく、かつスケーリングメリットが大きいからだ。

就業ビザの取得にも時間がかかり、硬直した労働慣行の中でしか外国からの人材を受け入れられない日本を振り返ると、自身が気付かない鎖国によって、世界の第一線との乖離が進んでいることがわかる。

掘り起こせ!

掘る前に、探せ!

（2014/2/28）

024 神戸からもらった勇気

　神戸は私が人生の一時期に、濃密な時間を過ごしたところだ。1995年1月17日の震度7の激震は、その美しい街並みを一瞬に破壊し、6,500人もの命を奪った。

　私が人生の一毛作目の最後のトライとして創業した「AKT社」が、その創業の地として多くの候補の中から選んだのが神戸だったので、出鼻を大きくくじかれたと感じた。渡米中に受けた第一報でテレビのスウィッチを入れたが、飛び込んできた映像はショッキングなものだった。街は絨毯爆撃を受けたようにあちこちから煙が立ちのぼり、阿鼻叫喚の様相を呈していた。AKT社の新社屋完成までにまだ日を残していたが、すでに先遣隊は神戸に居を移していたし、彼らの安否確認が進んでいなかった。翌日のフライトで帰国し、直ちに神戸に向かった。やっとたどり着いた神戸三宮の惨状は、テレビ映像の比ではなかった。

　大震災の直後から被災地復興の動きが始まったが、同時に多くの企業が神戸から退出していくニュースが続いた。震災当時、神戸ワイナリーを一望する西神工業団地の角地にAKT本社の基礎工事が進行していた。ここで中断し、神戸から撤退をという声もあったが、AKTは神戸残留を決した。

凄まじい震災の爪痕に胸は痛んだが、神戸の復興エネルギーは素晴しいもので、いろいろな局面で勇気づけられた。やがて新生AKTの白亜の新社屋が完成し、順調な滑り出しが始まった。短くも楽しい神戸ライフを謳歌した。

　しかし人生は不思議で、面白い。これほど思い入れ深い創業の地「神戸」から、5年後にはAKTが出ていく事態になるとは、思いもよらなかった。半導体もかつてはそうであったが、激しい好不況の乱気流に悩まされ、黒転の時期が遅れたためだ。株主は事業からの退出を求め、事業の責任者である私と決定的に対立した。抵抗する私に対し、株主は資金をぴたりと止め、私は売掛金の回収と徹底的なコストカットと業態転換で、追い風を待つ「サバイバル戦略」に持ち込んだ。そんな極限状態の中で下した方策の一つが「神戸退出」で、捲土重来を期しての断腸の決断だった。

　しかし戦略は大成功だった。吹き出した追い風は強烈で、液晶ディスプレイパネルのアモルファス成膜装置の世界第一のメーカーに押し上げた。創業から10年後のシェアは世界市場の90パーセント超で、年間の売上高も1,000億円を超えるダントツ企業になった。

　この間、苦しい時期を一緒にくぐり抜けた多くの仲間に「ありがとう」と伝えたい。写真はAKTが事業清算勧告を受けた「冬の時代」のもので、開き直った私が幹部を伴い、諏訪の御柱祭りに参加した時のワン

ショット。この直後から風は追い風に変わっていった。
私自身はAKTのサバイバルまで、髭を剃らぬと決めて
いた。

灘か有馬か、
メリケンパーク

16本の、
樅の木を

（2014/4/10）

025 ブラック企業

　近年、ブラック企業などと言って過酷な労働環境を強いる企業をランク付けする風潮がはやっている。

　私には「大衆迎合」した「ゴシップジャーナリスト」の「軽ーい」造語としか思えない。なぜなら、契約に違反したケースは問題外としても、契約内でも過酷ともとられる労働環境は、かなり前から広く見られることだからだ。

　日本には大小300万社ぐらいの企業があるといわれている。この総称を「コーポレートジャパン」というなら、最上層部には東証一部・二部、マザーズ上場の2,035社が鎮座している。もちろん彼らは「弊社はブラック企業などとは無縁です」という顔をしている。

　彼らの下には、未上場ではあるが彼らと同等規模の大企業がいる。その下となると、少なくとも5〜6層はあるだろう。2〜3層目には大企業と資本関係のある企業が居並んでいるが、数にして5,000社は下るまい。一説によると、1層目の企業とそれらの5,000社とで、日本のGDPの過半を占めているらしい。

　さて、これらの企業は需給の変化による景気変動から身を守るため、いつでも人件費を調整できるよう、多様な雇用形態を採用している。

景気指数や市場動向、時には為替変動を見ながら、雇用形態の違いをフル活用した防御行動を発動する。契約社員の契約解除、パートの即時解雇、最後には早期退職者の募集、指名解雇といった具合だ。

　それでもこれらの企業がブラック企業といわれることはない。実は多くのブラック企業を生み出す最上部にいるにも関わらずだ。

　パパママショップみたいな最下層に行くとどうだろうか。ここでの労働力の主体は家族だ。収入が減ればママの給料は当然ゼロ、さらに減ったらパパもゼロ。究極のブラック企業になってしまう。仕事が増え収入が増えれば、パートを雇う。

　ここで見えてくる構造は大企業から零細企業までにまたがる、極めて大きな「ブラック的行為を余儀なくされる」収益調整雇用層の存在である。私は30年以上前から、この構造に気付き実際に利用してきた。

　私がいた半導体・液晶業界はシリコンサイクルとかクリスタルサイクルと呼ばれる、極めて厳しい2〜4年周期で起こる景気変動に苦しめられていた。そんな環境を耐えて会社を存続させるための、必要に迫られての方策だった。

　会社はメニューをいくつも持っていて、管理指数をみてメニューの発動を行い、厳しい局面でも冷静に対処できる準備をしたものだ。

　今ようやく当時と同レベルの対応を日本の企業も取

り始めたということだ。もっと早く始めていれば、外国企業との競争にかくも簡単にやられることはなかっただろう。

とはいうものの、最も成功した社会主義国「日本」としてはできなかったわけだ。

さて冒頭に戻って、ブラック企業について少し違う角度で見てみたい。

この議論の下には「雇用の形態」と「生き方」の選択という、けっこう大きな課題が隠されている。

私は、日本の企業は早晩「業務給」にシフトしていくと考えている。人ではなく、業務に給与が紐づいているのである。

しかるべき業務......例えば「お店の売り子」には、決められた給与と仕事内容が定められている。誰がその仕事についても条件が変更されることはなく、昇進や昇給などはない。大半の人はこの階層に帰属するが、幹部社員には昇進と昇給の機会は与えられる。だいたい課長職以上がこの階層となる。一般階層から幹部階層に行くには専門的教育を履修するとか資格が必要になる。年功序列からの決別である。

過酷な業務もそれに見合う給与が付いている。したがってその仕事を選択するかどうかの決断を迫られる。なぜなら、昇進や移籍の機会は基本的にないのだから。突き詰めると、生き方の選択にもつながってくる。

両階層に成功した人も失敗した人もいるが、どんな

人生を送るかをかなり早い時期に決めなければならない可能性はある。

　大学を出て、会社に入って、配属先をいろいろ変って、面白そうな仕事を見つけて、結婚して、昇進昇格機会を得て、さらに充実した人生を歩むなどと、これまで信じていた人生の歩み方が通用しなくなる可能性がある。

　大学を卒業した時点で、狭き門である昇進昇格のある上級職側に入るか。それとも小競り合いの中から給与が張り付いた仕事をゲットする一般職側に入るか。その選択を迫られる社会がそこまで来ている。

　まだ社員の待遇で入社できる人は幸せで、そうでない人はパートタイマーや契約社員として派遣された仕事をとることになる。

　実はお隣の韓国はすでにそんな社会になりつつある。成人の約6割が非正規雇用者といわれている。

　ただ、2～3の仕事をこなしながら充実した生活をしている人も、今まで存在していなかったビジネスを創造しようとしている人もいる。

　シリコンバレーに行くと、既存の雇用制度の中で既成の企業に入るという選択肢には目もくれず、自分でビジネスを創るという若者もたくさんいる。

　見方を変えれば、ブラック企業などといわれる企業の「ブラックな部分」に、意外と大化けする宝が眠っているのかもしれない。

墨よりも黒く、
黒曜石よりも黒い

闇の中の
貴重な経験

（2014/7/30）

026 勘違い

　誰にも勘違いはある。週末の佐倉能で見た狂言「鐘の音」は、同じ音（おん）の「金の値（値段）」にまつわる物語だが、四国の「高知」に関するある日の記憶がよみがえった。

　その日は運悪くJALの機材に不具合があって、サンフランシスコ発成田便がキャンセルとなり、アメリカンへの乗り換えが発生した。アメリカンのカウンターには長蛇の列。私も最後尾に並んだ。ところがなんか変だ。全く動かないではないか。よく見ると最前列の人が、アメリカンの職員ともめている。女性の係官は困った様子でオフィスの指示を仰いでいる様子だが埒が明かない。男性は少し興奮気味。横顔を見てみると、私の部下ではないか。黙って近付き、やり取りを聞くと、男性は「高知」からどうやって成田に行くんだと言っている。女性は「コーチ（エコノミー）しかありません」の一点張り。状況はすぐ呑み込めたが、私はわざと人ごみに隠れて、「パラシュートで降りればいいじゃないか!!」男性はキッとして発言主を探す。

　「おいＸＸ君、俺だよ。高知じゃなくて、エコノミー席（コーチ）しかないって言ってんだよ」

　5秒ほどで自分の勘違いに気付いたくだんのＸＸ君、

もう青菜に塩ってこの事かというぐらい、しょげか
えってしまいました。この瞬間以降、彼が参加する会
議で彼が原因で揉めるようなことがあると、「あの時の
ことをバラすぞ」という私の脅し（からかい）にすぐ
白旗を上げる有様でした。

　とてもできる部下でしたが、そんな優秀な人にも勘
違いはあるものです。

じゃーん
もーんもーん

科学的かつ
現実的解法

（2014/8/20）

027 輝く瞳

　最近中学3年生の子供たちを対象に講演する機会があった。高校入試を控えた時期でもあり少し緊張気味で、予測できない近未来への不安が表情から汲みとれた。全体的にお行儀がよくおとなしく、柔和な感じがした。今から17年ほど前の、とあるシーンが脳裏をかすめた。

　私が創業した会社の社員との全体会議でのことだ。会社には約24カ国の国籍を持つ従業員250人ほどが、カリフォルニア・日本・韓国・台湾と分散して働いていた。四半期ごとに各地を回ってその地の全社員とのコミュニケーションをとるのだが、その際の社員たちの「反応」が、地域によって違う。社員の平均年齢はおおよそ27歳から30歳後半くらいで、教養などでは遜色のない人たちだった。

　彼らの反応の違いを表現するのは難しいが、あえて言うなら瞳の輝きの違いといってもよい。電球に例えれば日本の社員が50W、韓国が100W、台湾90W、カリフォルニアが90Wといった違いだ。ちなみに同じ単位を今回の中学生にあてはめるなら、60Wというところだろう。

　私は長い間、この違いが気になっていた。瞳の輝き

は感情や意志、そして次の動作への活性を示すものと考えていたからで、明らかに日本の社員の輝きはほかの地域の従業員より弱かったからだ。

　今回、中学生と会ったことでいくつかの気付きを得た。まずは、この子供たちの親の世代が、奇しくも私が会っていた日本の従業員の年代とかぶることだ。ということは、親の時代からすでに心の活性度は50Ｗだったということである。

　いささか強引な仮説ではあるが、瞳の輝きの違いは、生まれ育った環境要因が大いに影響していると思うに至った。ものが溢れ、何一つ不自由なく生存を脅かすような危機もなく、競争も避けて通れる社会で暮らすものと、その真逆の環境で日々を生き抜いているものとでは、心の活性度とともに瞳の輝きが大きく違うと

いうことだ。

カリフォルニアの従業員の生活環境は、物の豊かさや安全という点で日本と同等ともいえるが、それを誰でも享受できるかとなると話は違う。競争の勝者以外には大変難しい社会である。

事実、従業員の8割ほどは世界の各地から集まってきた人たちで、第一・第二世代に属し、けっこう厳しい競争社会に生きている。博士号を持っていようとどんな大学を出ていようと、移民の国アメリカでは出自に関係なく、入国と同時に競争のスタートを切ることになる。

アメリカは、競争と競争機会が保障された自由の国でもある。自分が選ばれるためのディベートは、競争の中で生きていくための第一歩である。瞳が死んだ魚は誰も買わない。そう考えると、引っ込み思案の日本人にはもう少し自信が必要だ。従業員の瞳が輝いているのも、むべなるかなである。

ヨーロッパの統合の歴史は1946年にさかのぼり、幾多の試練を克服しながらも今も続いている。

アジアの統合もいろいろな思惑が入り混じり一筋縄でいかないが、東南アジア諸国連合に日中韓の三国を加えた「ASEAN＋3」などの枠組みでの取り組みが続いており、長期的には統合に向けた動きは進んでいくと思われる。

この統合に向けた動きは旧来の国と国との仕切りに

変質をもたらすことにつながっている。相互依存はますます高くなり、人やモノの移動も増え、情報やお金などの移動は想像以上のスピードで進んでいる。新しい競争社会の出現である。

　今回会った中学生が、大学を卒業して立つ競争のスタートラインには、もっと厳しい環境で育った、瞳を輝かせる多くの競争者が横一線で並んでいるに違いない。素直で従順でスムーズなだけでは、新しい競争社会を勝ち抜いていくことは難しい。

　まずは、親たちが飽食と安寧と日本村の価値観だけで暮らす日々から目覚める必要があると感じているこの頃である。

思いやりと
明るさと

その謎は、ついに
証明された

（2014/9/8）

028 ニアミス　僕はペガサス

　芸能人には本当に縁のない人生だった。ただ2年半ほど前、生まれて初めて高橋真理子のコンサートに行って「芸能人にはオーラがあるな」と感じはしたが、距離が縮むということはなかった。

　ところが最近結構なニアミスをしていることがわかった。

　私の海の家にそんな人が来ていたんだ。美人の北川景子さんや女優の木村文乃さん、そして最近ではミーシャさんだ。いずれも私の知らない人だが、後で知って「ほほ～」ってな具合だ。

　でもミーシャさんの最新のプロモーションビデオの「僕はペガサス　君はポラリス」はいいね。夕日がさす私の海の家で撮ったものらしい。

　高橋真理子の時も一瞬そう思ったが、これをきっかけにミーシャさんの「追っかけ」になるのも悪くないかと思った。

　でもきっと、次の日には忘れているんだろうな。

こぐまの尻尾の、
先っぽの話

オーラをまとって
出かけよう

（2014/9/8）

029 Amor fati（アモーレファティ）

　友人との夕食までに時間があったので、ホテルで雑誌に目を通していた。その中に心打つ小文があった。

　Kim教授が、絶望の淵にいる相談者にニーチェの言葉「Amor fati（あるがままの人生を愛しなさい）」を贈った。真意を理解してもらえず、かえって傷つけてしまうのではないかと躊躇しながら。

　相談者は生まれた直後から続く、両親の離婚、育ててくれた父そして祖母との死別、再会した母から告げられた絶縁、厳しい幼少時代、結婚した妹のDVといった、自分に責任のない禍ばかりが訪れる人生に翻弄されて、生きる希望を見失いつつあった。教授も手だてを尽くし救済の手を伸べる努力はしたが、目立った効果はなかった。その末に、冒頭にあるニーチェの言葉を口にするに至った。

　しかし数か月のちに、教授は相談者から「そんな人生を愛せるようになった」との感謝の手紙を受け取った。教授は心から安堵するとともに感動したと言っていた。

「Amor fati」

　祖母が唱えるお経の言葉が聞こえてくる。

「生を明らめ、死を明らめるは、仏世一代の因縁なり……」

　あるがままの人生を愛し感謝することが大切である。

「Amor fati is a Latin phrase loosely translating to "love of fate" or "love of one's fate". It is used to describe an attitude in which one sees everything that happens in one's life, including suffering and loss, as good.」

生と死と哲学と

タゴールの詩が美しい

（2014/9/30）

　久々に長野の友人を訪ねることになり、蓼科高原経由で目的地をめざした。海抜800〜1,200ｍ地帯は息を飲むような紅葉だ。途中「石遊の湯」に立ち寄る。

　先客は老人が一人。話によると、この辺り一帯は鉄鉱石の露天掘りが盛んだったそうで、茅野から引き込み線が繋がっていたそうだ。鉄鉱石の品質は悪かったようだが、資源の乏しい日本では捨て置くことはできなかったようで、戦時は多くの朝鮮人や米国軍属の捕虜も働かせられていたそうだ。時々米軍機が飛来しチョコレートやキャラメルなどを投下したようで、老人はそれを拾って食べたと言っていた。

　温泉は露天掘りの最中に堀当てたようで、当時はごく内輪のものだったとのこと。それにしても、目を見張るような木々の紅葉の下に、意外な歴史があることを知らされた。ほんのすこし白濁した湯はなかなかいい湯だった。

（2014/10/10）

武田さんも
来てたらしいよ

031 遠い隣国

　ソウル錦秋。訪韓80回にして、初めて南山タワーより市街を望む。遠く青瓦台がみえる。かの館の現在の主と、日本の主との距離は遠い。かくも身近な隣同士なのに大人の付き合いができない、こんな不幸を未来に引き継ぐのか。オリンピックというお祭り招致で見せた交渉力に喜んでいる向きもあるが、その100倍以上の努力が必要なこの問題解決へのリーダーシップは感じられない。

　アンニャンカントリークラブで、韓国の元総理とゴルフをした。素晴らしいコースだ。仲間には論客もいて、竹島や尖閣の話も話題に上がった。実効支配している側の稚拙さが、問題をことさら大きくしているというのが「金」さんの意見で、尖閣を実効支配している日本の選択を考えると、合意なき現状固定化（実効支配）ぐらいしか思い当たらない。

　帰属の決着は簡単にはあり得ない。

（2014/10/23）

せめて、その場の雰囲気だけでも

032　5時から男

　ホテルのロビーで耳をそばだてるのも悪くない。元気で賑やかなお爺さんたちが、これから熱燗でも一杯やろか、と話し合っている。誰か一人が「俺たち昔は『5時から男』って言われていたよな」。確かに覚えがある。昼間は居眠りしつつも仕事をこなし、終業時刻になるととたんに元気いっぱい、体力知力を漲らせ、夜の街に繰り出す。懐かしい時代だ。

　もう一人が言う。「近ごろ家内は俺を『5時から男』って呼ぶぜ」。午前5時には目が覚めて、ゴソゴソ動き出すかららしい。これも思い当たる。また他の一人が言う。「最近は夕方5時になると、早くうちに帰りたくなるよ」。

　さてさて、熱燗の誘惑にどう対応するだろうか？5時から男よ。

バブルにGO!

サーカセミディアンリズムとは

（2014/10/25）

033 新時代の「アトム」

　人は例外なく誰かの刺激を受け成長する。

　ウオルト・ディズニーの影響を受けた手塚治虫は、日本で最も有名なロボット、ヒューマノイド「アトム」を63年前に生み出した。手塚は61歳の若さで他界したが、もう少し長生きしてくれれば、世界中の家庭に「アトム」みたいな、人の話相手になれるロボットがいる社会が実現したはずだ。

　「アトム」のフィジカルともいえる産業用ロボットに関しては、日本が世界で50％超のシェアを誇り、電子部品を実装する全体では世界市場1兆400億円の57.3％を占めている。ここに来て市場の拡大スピードは増している。

　ただ、産業用ロボットは早晩コモディティ化の大波の中で価格競争の渦の中に巻き込まれていくに違いない。電気・電子産業がそうだったように。

　そうなると日本の優位は失われて、主役の座を新興国に譲り渡していく悪夢を見ることになってしまう。

　私はロボット時代の本当の勝負は知性と感覚を備えた学習型・対面型ロボット、言い換えれば「アトム」の登場をもって始まるに違いないと思っている。その時は、産業用ロボットの規模をはるかに凌駕する新市

場が拓けるに違いない。そう考える理由は3つだ。

　1）フィジカル機能を代替えするロボットの長足の発展もあるが、インテリジェンス分野をカバーする技術的課題がだいぶ解決されてきた。人工知能に加えてクラウドやビッグデータ分野の充実も進んできたのも朗報である。

　2）次いで、マーケットニーズの高まりがある。ディジタルディバイドの原因の一つ、PCなどIT機器の使い辛さが改善されないことで、高年齢者・地域の住人・低所得者・ハンディキャップのある人などが、情報にリーチできない情報格差が拡がっていることもある。対話型ヒューマノイドが、それらの制約を取り払ってくれることができれば、一気に世界が変わる可能性がある。

　3）先進国の共通の悩み、そして中国にも足早に迫っている少子高齢化社会がもたらす深刻な問題にも関連している。個々人の距離が拡がって、このままそれが続くとコミュニティ型人間の生きていく生存環境すら破壊されるリスクがある。対話型ヒューマノイド「アトム」は、人と人を、人とコミュニティを結び、環境を保全する役割が期待できる。

　昨年末、Googleが東大発のベンチャー企業を買収してロボット事業への参入を発表した時、とうとう来た

かと思った。

　検索・通信超大手の参入こそ、巨大ビジネスに向けた戦いの始まりだと思っていたからだ。

　Googleに少し遅れて、ソフトバンクの孫さんが、ロボット「ペッパー」を発表した。タイミングとしてはちょうどよいだろう。価格は20万円を切るが、それもやがて膨大なボリュームの中で10万円程度になるだろうし、ヒューマノイドから受け取るサービスの課金の仕方によっては、もっと安価になる可能性もある。

　未来の「アトム」は忠実なサーバントの役割だけでなく、何でも話せる友人や家族の地位を占めるに違いない。

　それにしても、はるかに先行してもよいSONYはエンターテイメントロボットのAIBOから撤退してしまったが、未来が見えない会社になったのだろうか。

巨大ビジネスの幕開けにあたり、日本勢の奮起が待たれる。

生まれは
東京・高田馬場

いろいろな場所で
活躍中

（2014/11/14）

034 魚供養

　我が家には魚好きの血が流れているらしい。祖父も父もよく魚釣りをしていた。兄貴と甥に至っては釣り船2艘を保有するペンションまで営んでいる。

　日頃の魚殺生もあって人間様の法事の時に、魚供養も一緒にしようという発想が自然に浮かぶ。よりによって母の三回忌もその線で落ち着いた。祖父や父なら合点が行くが、母までかと躊躇していることが和尚にわかったのか、「いただきます」と「御馳走さま」についての和尚の解釈が与えられた。

　私が生きるために（穀物・野菜・魚・肉・果実といった）沢山の命をいただきますと、感謝の意を込めたものが「（命を）いただきます」で、走り回って材料を集め料理する労苦に対しての感謝の気持ちが「御馳走様です」とのことだ。

　母は103歳で亡くなったが、多くの命（食べ物）が母の命をサポートしていたものだ。そういう点では、魚供養を一緒にすることに異議はない。

　兄貴のペンションにはスイス人の旅行者がよく訪れる。有名どころに飽きた人たちが田舎暮らしを体験したくて来るらしい。これからは彼らに、外国ではあまり聞いたことがない「命をもらう」という概念と「い

ただきます」「御馳走さま」という素晴らしい言葉を教えてもらうのがいい。

　和尚の読経が続いている。横目で兄貴たちを覗き見ると、お祈りしながらも、「何を釣ろうかな」と、もう次の漁（殺生とも言う）に意識は飛んでいるように見えた。

　きっとそうに違いない！

（2014/12/10）

035 砥部のアンコウ

　もう15年ほど前になるか、四国愛媛の砥部町でご夫婦二人だけの小さな窯元を訪れた。奥様が絵付けを担当しご主人が窯に関わる作業をしていた。できあがった作品は、併設した小さな店舗コーナーに並べられている。白地に藍色の唐草紋様の器が砥部焼のシンボルともいえるものだが、ここではポピーなどの可愛い絵柄の作品が目を引いた。

　一通り見まわして工房を出ようとしたとき、作業机の上のデザイン画が目に止まった。カサゴ・あんこう・カメレオン……。

　ふうん、お店の作品とはずいぶん違う、ごっついものがお好きなんだな。優しそうな奥さんの横顔とを見比べた。

　しばらくして、これらのデザインを単なる絵皿に終わらせないで、立体的な焼き物にしてもらおうと思い立った。

　唐突な申し入れでもあって、交渉は難航した。立体的なものにするには手間暇がかかること、火入れをすると熱ひずみや収縮が起こるため、成功率はかなり低いこと、納期は約束できないことなどなどだ。寡黙なご夫婦だったが、デッサンに非凡さが出ていただけに、

アーティストの部分に小さな火がついたように感じられた。

その日から6ヶ月後、何の事前連絡もなしに最初の「アンコウ」が届いた。あの日の嬉しさは、今も忘れられない。

お礼の電話に、幾つもの失敗作があったこと、アンコウの「歯」のでき具合など作者として少し気に食わない部分もあること、納品が遅れたことを詫びる言葉があった。

その日以来、アンコウと恋に落ちた。ピンク・ブラウン・白・藍......と、色も形も違うアンコウを作っていただいた。一度として特別な注文をつけたことはなかったが、毎回いろいろな工夫が入っていて感動させられた。

15年の間に10個ほどのアンコウと5個ほどのカメレオンをいただいたが、私の宝物だ。外国の友人たちに惚れられてお嫁に出したものもあるが、いずれも嫁入り先でも可愛がられている。

（2015/2/30）

036 巣立ち「青山をもとめて」

　3月は別れのシーズン。大島の都立海洋高校の卒業
生離島の瞬間に立ち会った。出港が1時間も遅れるア
クシデント、寒風の吹きさらしの中の、送る側と送ら
れる側。テープを握り、声をかけあう。船客も言葉の
いらないシーンをじっと見守る......。

　どの子もいい人生を送ってほしい。

海に学び、
未来を拓く

島の港町

（2015/3/9）

037 温泉とティラピア

　温泉の記憶。温泉の記憶は幼少時代にさかのぼる。祖母・母・叔母などに連れられて、よく出かけていた。時期もちょうどこのころで、コメ作り農家にとって最も厳しい作業である「田の草とり」の後だ。屋外作業で暑さが増してくる時期、腰を曲げての草とりは、その後に「湯治」を必要とするほどの重労働だった。

　湯治には、自炊のためのお米や味噌や野菜を持参し、温泉場に備え付けの釜戸で煮炊きしていた。あとは温泉につかり、昼寝とおしゃべりに時間を費やしていたように思う。

　湯治を全く必要としない兄貴や妹、そして私の3人は、この退屈さに耐えられず、河原に降りて遊んだ。リ〜ン・リ〜ンと鈴の音のように鳴くカエル、「かじか蛙」を発見したのは、そんな遊びの中でのできごとであった。

　そこから一気に時は流れて。

　私が22年にわたる外資企業（AMAT社）での経営者生活に終止符を打とうとしていた矢先、部下であるカム・ロウ博士が「一緒にティラピアを養殖しませんか」と声をかけてきた。ハイテク一筋の生活ゆえ、ティラピアがなんだか知らなかったが、クロダイに似た淡水

魚で白身の魚である。

　カムはもともと大学で「プラズマケミストリー」を教えていた教授だったが、AMATにヘッドハントされ、後に私の部下になった人だ。シリコンバレーのど真ん中に住む学者が、趣味と実益を兼ねた「ティラピアの養殖」をしていたとは驚きだったが、唐突な提案の背景には、実は「温泉」があった。

　ティラピアの育成には、年間を通じて暖かい水が必要だ。それには、日本全国にある温泉が利用できる。温泉をうまく使えば、日本でティラピア養殖を軌道に乗せることもできるはず、というわけだ。

　試しにカムとともにタイレストランやチャイニーズレストランを回り、ティラピア料理を味わってみた。淡

水魚らしくなく、実においしい。日本でも十分評価に耐えられる食材になるような気がする。

　寂れ行く温泉街の新しいビジネスの種になるような気もしたが、私自身の人生の二毛作目の仕事の選択肢ではない気がして、それ以上は進めずに終わってしまった。

　聞くところによると、最近、トラフグを温泉で養殖する試みが行われているという。温泉は心と体を治癒するだけではなく、胃袋まで満たしてくれる力を持っているようだ。

あの病気だけは、治せません

どう食べても旨そう

ここに海はないけれど

（2015/4/15）

038 Get your chair

　先行きが見通せない時代は、リーダー待望論や指導者育成プログラムが大流行し、街の書店には海外の著名人の翻訳本が氾濫する。

　私は25年間グローバル企業の経営に携わってきたが、日本企業の至れり尽くせりと感じる過度の優しさに違和感を持つ。なぜ、自社の中で人を育てられないのだろうか。なぜ問題の解決を、まだいないリーダーに依存してしまうのか。そこに「甘え」が透けて見えるのだ。

「Get your chair」これは、私が25年在籍した会社の入社して来る者への対応だ。可能性や専門能力を最大評価されてスタートラインに立つ人に対する、「さあ、あなたの力と価値を示しなさい」という意味を込めた言葉だ。

　切磋琢磨する、させられる環境は、多くの人材を育てたように思う。

　厳しいサイクリックな不況は実に痛かったが、不況の度に会社も人も伸びた。25年間で売り上げは150倍、営業利益は320倍に伸び、ピーク時の時価総額は11兆円に達した。世界各国から集まってきたPhdは、全社員の5%、MBAは同じく2.4%にも上った。

この個性と才能に溢れた人たちと、高い頂を目指すのは実に爽快だった。失意の中で去っていった人も数多くいるが、その先々で立派なリーダーに成長した姿を見るのも嬉しいものだ。

（2015/5/15）

039 ルワンダのジェノサイド

　アフリカのど真ん中、湖と川と森に恵まれた美しい国、ルワンダ。その国の駐日大使ムリガンデ博士は、落ち着いた静かな口調で話し始めた。

　20年前に起こった、人類史上類例のない自国民同士の「ジェノサイド」から何を学んだか、今までどのようにそのペインを克服してきたか。そして未来にどんな夢を抱いているか。博士は事前にお願いしたポイントを何一つ避けることなく話してくれた。

　話を聞き終わった私の脳裏には不思議にも、原爆投下直後の広島のような爆心地に立ち、破壊と絶望と憎悪の中で人々の融和と国の未来を考えている、現政権のリーダーであるカガメ副大統領の姿が浮かんだ。事実、ルワンダはアフリカの奇跡と呼ばれる復興を遂げつつある。

　ここで、ルワンダで起こったジェノサイドについて補足したい。同国では1994年、国民の10％に相当する100万人もの人々が、たった100日間で殺戮された。

　もともとは同種族の人々を「ツチ族」と「フツ族」に分割し統治してきた宗主国（ベルギー）の政策（都合）が遠因となった爆発（ジェノサイド）ともいえる。

　権限を付与された少数派ツチ族とフツ族の間の格差

が大きくなり不満が膨れ上がった1961年。宗主国は従順ではなくなったツチ政権からフツに政権の移動を意図し、クーデターを主導、王政を廃止して共和制に体制を変換し、一気に独立までもっていった。

しかしフツ政権下となったルワンダは政情不安が続き、フツ至上主義者の台頭の中で、かつてのツチ族の支配層を含む200万人にも及ぶ人たちが報復を恐れ、難民となり国外に逃れる。

こんな状況下の1994年、フツの大統領暗殺が発生。それが合図かの如く、フツ至上主義を掲げる暴徒と政府によって、ツチと、ツチに融和的な態度をとるフツ穏健派に対する「ジェノサイド」が始まる。

そのすさまじさは筆舌に尽くせない。

再建が可能な建物や施設はともかく、夫婦や家族、教師と子供、上司や部下、友人、隣人、老若男女……あらゆる価値観、人間性、尊厳などが踏みにじられてしまった。人は獣（けだもの）になってしまうとはこのことだ。

しかしこの暴挙に大国は動かず、国連もタイムリーには機能しなかった。結局は海外に逃れていたツチの帰国と反攻によって、地獄の100日は終息した。

残されたのは破壊しつくされた町と絶望、夥しい死体、夫を殺された未亡人、婚外子、紙くずとなった人間の尊厳……。

海外ではツチの虐殺にかかわった、政府関係者や軍

人を含む210万人もの難民が、今も復権を窺がっているという。

人間が犯した
愚行と、希望

かの国の現在の姿

（2015/6/19）

040 青い薔薇

　2004年6月、サントリーとオーストラリアのCalge-
nePacificは、共同開発した「青いバラ」を世に送り
出した。

　自然交配では実現しないはずのものを、薔薇とは異
種のアサガオの「蒼」を遺伝子操作で組み入れること
で実現したわけだ。青い薔薇にいかほどの価値がある
のか私は知らないが、遺伝子をエンジニアリングして、
今まで世の中に存在しなかった生物を創り出したとい
うことだ。

　今や遺伝子操作されたモンスター食材が堰を切った

ように生まれ続けているが、自然環境の破壊や健康への悪影響が懸念される。しかも、そんな技術が特定の企業に独占され、その企業の利益の源泉となる。

「戦争を終わらせるため、また抑止力としても必要だ」と、原爆や水爆というモンスターを生んだ人類は、難病の克服に、食料の確保にと言いながら新しいモンスターを創る。しかも、モンスターを創るのが国家を超越した企業になってきていることが恐ろしい。

新技術がもたらす恩恵も大きいが、開発の透明性と監視は不可欠だ。

科学の発達は、人を含む種を種たらしめる遺伝子の解明まで進んできた。

また、コンピューターが人間の知性を超える技術的特異点（シンギュラリティ）が2045年ごろに起きるという予想が出ている。

知能ロボットなどの普及で単純業務の移転が起き、多くの人の仕事がなくなるという指摘もされている。人類が手に入れた便利さは、人を苦しめるという諸刃の剣の側面を持っている。

こう見ると、人類の将来が「ROSY」かというと必ずしもそうは見えない。何かが欠落していることは間違いないが、最近、僧侶である友人との会話にその一つを見た。

彼によれば、二宮尊徳翁は「日本人は神道、儒教、仏教が融合した神儒仏三粒丸の信徒である」という考え

を持っており、そこから「神道は興国の道、儒教は治国の道、仏教は治心の道」である、という。

　まことに名言だと思った。日本の地場の信仰である神道に渡来の儒教と仏教を融合し、「日本教」にしてしまう先祖の賢明さとバイタリティには脱帽である。

　世界が、人類が、直面しているUncertaintyの根っこには、技術や便利さでは到底解決できない、「興国、治国、治心の道」があるような気がする。

その名は「喝采」

名人の手になる
逸品

（2015/7/24）

041 三羽の鶴

　あの時、私は折り紙が大好きな女の子に、鶴を3羽、折ってもらった。大中小と大きさが違う。それにしても、なぜ鶴なのか？

　32才で創業した時、私の会社には人数分の机と椅子、それにタイプライターが一台しかなかった。事業パートナーとなったアメリカのAMATからお招きを受けたのだが、気の利いたお土産を買う余裕もない。そこで思いついたのが折り鶴だった。何より安い。

　歓迎夕食会のスピーチで私は日本の千羽鶴の風習を紹介し、それにちなんで三羽の鶴をお土産にお持ちした、と話した。

「一番大きな鶴がアメリカで、二番目がヨーロッパ、そして一番小さい鶴が日本です。皆さんの仲間になれて大変嬉しいのでお土産です......」

　市場規模でも売上高でも、やはりアメリカが一番、そしてヨーロッパ。日本は売上で5%にも満たない規模である。それでも私は話の最後を、このように締めくくった。

「ところで、4〜5年後には、この鶴の飛ぶ順番が変わることになります。もちろん日本が先頭です。乞うご期待です」

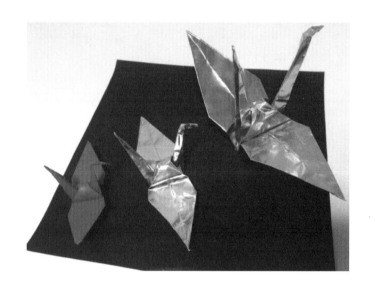

　5%にも満たない盲腸みたいな存在が、よく言うよ……と我ながら思ったものだが、私の言葉にみな大笑いだった。

　だが大風呂敷も時にはいいものだ。創業から10年後に日本の売上は全社の40%になり、売上額も初年度の100倍、200億円を達成し、アメリカを凌駕するリージョンに育った。その後も成長を続け、創業20年目には、従業員は1,000人を超え、売り上げもピークで1,800億円程度にまで達した。

　折り鶴は、私にとって思い出に通じる扉のような存在になっている。

あなたにも
作れます

大きく広げて、
じっくり味わう

（2015/8/5）

042 幸運　失くして困るもの

　なくして困るもの......本当に困るもの、少しだけ困るもの、諦めがつくもの。最近はだんだん減ってきたが、今日は、わずかしかない本当に困るものを失いかけた。

　今日はアッシー。日頃の罪滅ぼしの気持ちも手伝い、ワイフの申し入れを「快諾」。ただ、ワイフたちの猟場のデパートには私の獣はいない。働き蜂の習性未だ抜けず、事務所で仕事。気が付くと迎えに行く10分前、慌てふためき駆けつける。朝8時に出て午後3時半に帰着。

　奴隷の日のアッシー「ミッションコンプリート」。部屋に戻って、や〜れやれ......んっ......？　ない！えっ......？　ないない!!　PCがない！

　どこで失くしたんだろうか？　六本木の有料駐車場か。慌てていたのと、両手の荷物で、料金精算ボックスの上に置いたんだ。朝帰りの若者たちがたむろしていたな。

　警察には拾得物の届けが出ておらず、駐車場とも連絡取れず。現場に戻ろう。六本木を目指す。次々浮かぶワーストケースシナリオ、飯倉ランプを降りる。

　あるかないか、50 VS 50......。

なんと‼　そこに置かれたまんまで私を待っていて
くれたPC！

　いや〜驚いた。日本はいいところだね。

　8月はかくして、よい月で終わることができた。

ルールは
覚えておこう

それでも満足で
あったりする

（2015/8/15）

043 「ボーッ」の勧め

　私が結構な時間を費やす「遊び」がある。お相手は気
紛れな魚だ。私は釣りという遊びほどコストパフォー
マンスの悪いものはないと思っていたが、宇宙飛行士
を支援している有名な精神医学教授との会話で、いい
気付きを得た。ボーッとしていることの凄い効能であ
る。

　教授によると、何かに集中している時は脳の一部の
部位が活発に働いているが、ボーッとしている時は全
部の部位が活発に働いているという。それがストレス
の解消にたいへん良い、ということだった。

　確かに、釣り糸を垂れている時はたいていボーッと
している。本当は、そこにいもしない黒鯛が針を咥え
たりしていることをボーッとしながらも夢想している。

　これがストレスの解消に役立っているとなると、コ
スパは断然よくなる。魚釣りと言わずに中国式に「加
油（ジャヨウ、ガーヤウ）」をしていると言おうかな。

「何もしない」を
しに行こう

健康にも
良いらしい

（2015/10/5）

044 外人部隊

　韓国の財閥サムスンに、それまでの慣例を破り、外国人の社外取締役が生まれた。外人部隊である。

　初めがドイツ人の銀行家で、二番目が日本人の私、そして三番目がスウェーデン人だった。ドイツ人の銀行家は日本に住んでいて、美人だがとても強い日本人妻の支配下にあるように見えた。スウェーデン人はGEのジャック・ウェルチがスウェーデンの会社から直接引き抜き、GEの上席副社長としてアジアパシフィックのトップに任じた切れ者だった。

　私たちは、月一回の取締役会のために、それぞれの国からソウルに飛んだ。社外役員（アウトサイドボード）は3名の外国人と4名の韓国人の7名で、実に忌憚なくいろんな課題を話し合い、7名の社内役員（インナーボード）や執行役員（オフィサー）の報告を受け、案件の審議をしたりアドバイスを与えたりした。我々3人はいい友達になった。

　とてもスマートな仲間ではあったが、彼らはゴルフが下手くそで、下手な私がプロ級に見えるという有様だった。コースに出れば「空振り」に「ちょろ」に「ダフリ」の連続で、名門カントリークラブのキャディーも笑いこけていたものだ。

　なお韓国人の社外役員の一人であるキムさん（写真中央）は、金大中政権での最後の首相になった方で、今も親しくしている。

　当時は酒が入ると、ドイツ人の友達が「さあ岩﨑さん、キムさん、竹島（独島）のことを話し合おう」などと、けしかけたものだ。

　話し合いの中身については、当面は内緒にしておこう。

　私とキムさんの写真はブラジルとアルゼンチン国境のイグアスの滝で撮ったものである。

ある伍長の足跡

この絶景は
見逃せない!

（2015/10/27）

045 観艦式「日本の防衛」

　初めて観艦式予行を見ることができた。木更津基地からイージス艦に乗り、相模湾に向かう。順次、艦船の種類と数は増え、相模湾沖では立派な艦隊ができ上がる。ヘリ空母にイージス艦、掃海艇にホバークラフト揚陸艦、掃海艇に潜水艦という具合だ。

　途中からは空自の参加に加えてセレモニアルな演習、対潜爆雷の投下と、追尾ミサイルを避けるデコイの発射、艦砲射撃となかなかのものだ。最後には友軍ともいえる国々の艦船も隊列に加わる。アメリカ・オーストラリア・韓国・インドと続く。日本の海上戦力の3分の2が集結したとのことだ。

　キビキビした将官や隊員の動きに感動したが、正直なところこの程度の戦力で日本が守れるとも、さらに言えば抑止力があるとも思えなかった。

空自・陸自の戦力も加味しての判断は必要だが、専守防衛の足枷もあるので、悪意の侵入者に触れないで倒せる空気投げ（かなり古い）や合気道のような方策に頼るのは、幻想ではないのか？　この専守防衛の概念は実に気になる。

　日本の外交最前線の司令官は大使だが、ある元大使は外国の大使館の陣容と規模に比べると日本のそれは貧弱すぎて、国益を守るべき情報や諜報活動などの重要な仕事ができず、雑事に追われていると嘆いていた。ここでも国益を守る最前線に誰からもわかりにくい専守防衛の概念を押し付けている気がする。

　政治の世界も似たり寄ったりではないのか？

　外交文書が次々開示されていくに従い、国益をかけた交渉の中で妥協を続ける姿が見えかくれする。経済界も、学会も、年寄りも若者も、戦いを忌み嫌い避けたいという専守防衛的な気質が広がってはいないだろうか？

　イスラエルの新兵が「Masada shall never fall again」と宣誓するような、外からの侵略に対する日本も「マサダ」の様な多様・多重な選択肢を持つべきだと思う。

守りぬく力を
体験せよ。

三船久蔵十段の
極意

（2015/11/19）

046 ストレッチゴール

　イーロン・マスク率いるテスラ社の若きリーダーの
一人と歓談した。彼は突然のジョブオファーでテスラ
に入社したそうだが、優秀な人材を掬い上げる努力は
よくわかる。優秀な若者たちが出せる知恵を出し尽く
し、人の倍働く、そんな会社が爆走しない訳はない。

　彼はマスクを「いゃ〜なリーダー」と表現していた
が、要約すると妥協を許さず、常にストレッチゴール
を求め、壮大な夢の実現にリスクを恐れない。このマ
スクのリーダーシップが、多くの若者に厳しさだけで
なく夢中にさせる刺激を与え続けているように思われ
る。

　ある時、テスラを購入した家が焼失した事故があっ
た。バッテリーの充電に必要な容量のブレーカーに
なっていなかったための異常過熱が原因で、テスラ側
に過失はなかった。そのニュースに接したテスラの優
秀な技術者が、クルマ側の受電器具に供給側が規定の
容量になっているかの判定機能をつける改善を施した。
その技術者が所属する上長に対し、マスクはその技術
者の解雇を通告した。何故か？

「そんなことが技術的に可能なら、なぜ事前に装備し
なかったのか」というわけだ。これこそストレッチゴー

ルの好例だ。世の中に氾濫している電子機器、電化製品にこんな機能は見た事がない。

　ストレッチゴールとそうでないゴールの違いは、コロンブスの卵みたいなものだ。久しぶりに立ててみた。種を明かせば誰でもできる。しかし、誰でもできるはずのちょっとしたストレッチが毎日できないのは凡人だからだろう。

高い成果を
お望みならば…

春のその日に、
直立する

（2015/11/20）

神儒仏三流粒丸 ありがたい「日本教」

　物覚えが悪い私は、「教えかたが下手なせいだ」と、先生を責めることにしている。

　外国の友人と宗教を語るときなんぞ、八百万の神々がいる「日本教」の、誇るべき寛容さと素晴らしさを説明できないもどかしさもあって、先生の「教え下手」を恨む。

　最近機会があって、日頃のうっ憤を晴らす機会が巡ってきた。お酒の勢いもあって、友人の僧侶に議論をふっかけた。

■そもそも、神様と仏さまはどういう関係なの？　仲はいいの？

→もともと日本酒文化があったところに、洋酒が入ってきた......みたいなものだね。日本土着の神道文化圏に、6世紀頃に仏教が入ってきた。先輩と後輩みたいなものだよ。初めは仏教を受け入れるか否かで戦も起こったが、受け入れ派が勝利し、聖徳太子らの活躍もあって普及したのさ。

■日本の仏教を語る時、平安時代の初め（9世紀）の空海と最澄の役割は大きいけれど、仏教はどんな洋

酒だったの？

→ウィスキーでいえば、サントリーの「山崎」のような、シングルモルトみたいなものさ。空海（弘法大師）が開いた真言宗、最澄の開いた天台宗の教えは、考えることも実践することも複雑で難しい。コクがあっておいしいけれども、ちとキツいんだ。シングルモルトってそうだろ。

　また、真言と天台は宇宙全体を神様・仏様とみる曼荼羅思想を基盤にしているので、神様と仏さまを結び付けたり重ね合わせたりしたのさ。神仏習合の理論的原点はこの辺りにあるようだ。

　全国各地の山の中で心身を鍛錬していた修験者が描く神仏習合の世界はここにあり、今に残る八海山、出羽三山、吉野山、高尾山のルーツもここだ。ただ、これらの信仰を飲み物に例えるのは難しいな。酒とウィスキーではね。

■なら、鎌倉時代に続々と生まれた仏教の各宗派はいったいどんな洋酒になる？

→13世紀、鎌倉時代の初期に生まれた宗派は、法然さんの浄土宗、親鸞さんの浄土真宗、日蓮さんの日蓮宗、道元さんの曹洞宗だが、全員が天台宗の比叡山で天台・真言の両方を学び、それから新宗派を拓いたんだよ。

　それぞれに生まれた宗派は、天台・真言の教えの

ポイントを絞り込んで、大衆にわかりやすく、実践しやすいものにした。いわばビールだね。のど越しがよく、あっさりしているから、誰でも気軽に飲める。

　浄土宗・浄土真宗は阿弥陀仏様にお参りし、曹洞宗はひたすら座る座禅に打ち込み、日蓮宗は法華経のお題目を唱えればいい、という具合だ。

■鎌倉新仏教四宗の中で、東本願寺（大谷派）と西本願寺（本願寺派）の違いは？
→ちょっとからむね。ビールにもアサヒもあればキリンもあるでしょ。そんな違いだよ。

■最後にもう一つ、オウム真理教なんてどんな酒かね？
→あれはメチルアルコールだよ。効き目はあるけど身体を壊すよ。

　まだまだ聞きたりない。弁天様に、鬼子母神、毘沙門様に恵比寿様……続々出てくる神様たち。
　この友人が尊敬している二宮尊徳翁は、日本人は特定の宗教・宗派への帰属意識がない、あるいは低いけれども、神道・仏教・儒教にどこかでつながっている「日本教徒」である、としている。「神儒仏三粒丸」とも言っていた。

忘れぬようメモにまとめたが、難しい。どうやら自身の習い下手を認めねばならないようだ。

神も仏も
あったもので

知られていない、
偉人の業績

（2015/12/20）

048 美しい森「日本」

　過去20年に及ぶ経済の停滞を受けて、日本の人々の自信が揺らぐ中で、日本再評価の声が上がり出した。世界が目指すべき社会の姿に、日本が最も近いと評価するものだ。

　事実、2012年度にコロンビア大学のスティグリッツ教授が国連に対して報告した「包括的な富裕度報告」によると、日本は「持続性ある豊かさを持つ国」として、米国を抑え世界第一位に輝いている。

　GDPに代わる新しい指標を世界が模索し出した背景は、GDPの規模と成長度で国の豊かさを測ることへの違和感と、一握りの人々が膨大な数の貧困層を生み富を独占する荒々しい資本主義社会では、明るい未来が描けないことに人々が気付き出したからである。

　不思議なことに、これだけ評価されている日本の声はまだ小さい。自分の評価を他人に委ねる時代はとっくに過ぎ、自分自身が何者かを真に問われる時代が来たというのに。

　外から見て美しい森であっても、それが自己評価の力を持ち、意識し努力しなければ、すぐに劣化してしまう。

　リーダーにふさわしい見識と発信が、今こそ日本に

求められている。

金持ちバスの
乗客たち

今は亡き
ニコル氏の警告

（2016/1/10）

049 ジョンブル魂がサムライ魂に

　ラグビー界のレジェンドでラガーマンの「吉田義人」さんにお会いした。深くお話しする機会はなかったが、ラグビーに懸けるひたむきな情熱は半端ではなかった。

　今日の競技者人口で見ると野球が810万人、サッカーが640万人でラグビーは12万人ちょっとである。いずれも日本が開国して間もない明治初期に入ってきたので、150年ほどの歴史を有している。それにしてもラグビーの普及が野球やサッカーに比して大きく遅れたのはなぜだろうか?

　ラグビーとサッカーは英国生まれの同根のスポーツで、初めのころは区別もはっきりしなかったという。1871になってサッカー団体から離脱する形で、「ラグビー協会」が発足したようだ。

　どうやら、発祥から今日に至るスポーツ普及の軌跡を追うと、それらのスポーツ発祥の経緯や、進化の過程がわかり大変面白そうだ。発祥時は「娯楽」や庶民の「気晴らし」的要素だったものが、より多くの参加を促すルールの改定などで「まじめな遊び(スポーツ)」に進化していったようだ。

　それにしてもなぜ英国なのか?　それだけ偉大な国家だったということだろう。

外国人の友人の一人に英国人がいる。今は昔と言ってもよい40年ほど前には、よくゴルフを楽しんだ。「ウェントワース」や「セントアンドリュース」、「ペブルビーチ」や「ポピーヒルズ」などの名門コースもよく回ったものだ。ただ、驚かされたことは、彼のスポーツ好きである。ゴルフに限らず暇さえあれば、TVやラジオを視聴していた。サッカー（フットボール）、ラグビー、テニス、クリケットと驚きものだった。中でもフットボールとラグビーへの彼の入れ込みは半端ではなかったので、日本の競技人口の差は理解できなかった。

　これは未来の学習にしよう。

　吉田さんが言っていたラグビーに関わる名言「One for all, All for one」は、精神と肉体の厳しい鍛錬を通じて達成する、崇高なゴール「ジョンブル魂」のような気がした。

　ほとんどラグビーについて知識のない日本人が、ワールドカップ2015で、過去7回のうち2回も世界の覇者となった南アフリカに勝利したニュースに接し、激しく心を揺さぶられ目頭を熱くした。

　一人のスーパーヒーローが勝利をもたらしたのでもなく、偶然がもたらした勝利でもないことは、素人目にも明らかだ。

　ロスタイムのラストワンプレイの局面で、同点より

もリスクを冒して全員で勝ちにかける姿に世界は感動した。まさに「One for all, All for one」の神髄を理解し体現するのにそれだけ永い年月が必要だったということだろう。

　日本のラグビーは150年の時を経て「サムライ魂」に昇華した。

それはルール違反から生まれた

度胸千両、不屈の反骨魂

（2016/2/17）

050 「長生きしてくださ〜い!」

　友人が創業した会社、ローツエ株式会社の30周年記念祝典に参加した。

　祝いに相応しく、当日の現地は快晴。数人の会社が1,400人のグローバル企業に成長した。他人事ながら心底嬉しい!

　もうだいぶ前のことだが、上場を果たした後の冴えない株価に業を煮やした株主が、いつになったら株価は上がるのかと株総で怒りの声をあげた。答に窮した友人は白髪の株主に深々と頭を下げて、「長生きをしてくださ〜い」と一言。

　後にも先にも、こんな名回答はあのとき限りだが、あのときの株主はその後どうしただろうか?

　悲喜こもごも、会社も人の営みと同様。苦しいときの根拠なき楽観がないと、リーダーは務まらない。

　今日の友人はひときわ輝いている。

　おめでとう!　おめでとう!

荒天にご注意を

ユーモアが
変えるものとは

（2016/3/30）

051 蚤のサーカス

　かれこれ40年ほど前になるが、ある雑誌に「蚤の
サーカス」の記事を見つけた。

　あの飛び跳ねる蚤がリヤカーを引いている。なぜ飛
び跳ねもせず、こんなことができるのか。そのミソは、
マッチ箱のような背の低い箱で飼育すると、飛び跳ね
るたびに頭を強打するため、やがて飛ばなくなるとい
うものだ。

　実に示唆に富んだストーリーで気にいった。

　たまたま、世界の頭脳の持ち主が集まっていると言
われた、ベル研究所出身の異才たちと永く仕事をする
機会があった。彼らも蚤のストーリーが気に入って、研
究開発分野の年度最優秀アワードに紹介のイラスト同
様の置きものが与えられた。

　彼らは実に個性的でGeniusと呼ぶに相応しい人た
ちだったが、全く異なる環境で刺激を受けて、その才
能を伸ばしたと思われる。

なんとも迷惑な
居候

三者をじっくり
考えてみる

（2016/4/17）

052 名刺の効能

　名刺のいらない超有名人である友人と、齢とともに役割が変わる名刺の話をした。

　初めて自分の名刺を持ったとき、うれしかった記憶がある。何か大人になった証明書をもらったような気がしたからだ。

　そのうち、名刺は必要不可欠なものになっていく。ソーシャルライフでもプライベートライフでも、最も少ない字数とセンテンスで自己紹介ができる道具であるからだ。それに、名刺には信用力もあった。

　もう昔といってよい40年も前になるが、外国人のお客と銀座のレストランで食事をした際、財布を忘れたことに気がついた。私は一見の客であったが、事情を話して名刺を借用書にし、後日払うことを店に了承してもらった。そのやり取りを見た外人客は「アンビリーバブル！」と驚いていた。今なら日本人でも「アンビリーバブル！」となるに違いない。

　名刺の効能も年月とともに薄れてきたが、昔を引きずるシニア、中でも定年を延ばして会社に居続ける輩は、やたらと名刺の肩書にこだわる。それでも現役におさらばする時は必ずやってくる。その時が近づくほどに、肩書の重みが増していく。水戸黄門公の印籠の

ような神通力はないのに、名刺と肩書を失うと、自分がただの爺になってしまう錯覚に陥るのだ。

功成り名遂げた人でも名刺への「未練」を残す人は少なくない。

それでも、本当に名刺が不要となる時期が来ると私は思っていた。リタイア直前の時期になれば、もはや誰かに自分の名前を知ってもらう必要なく、連絡をもらう必要もなくなる。そうなれば、肩書への未練も薄れるはずだ。

ところがどっこい、超有名人でもある友人の言葉は、私の浅はかな考えを吹き飛ばした。

自分の名を知ってもらわなくていい。連絡をもらうこともないだろう。とはいえ、リタイア後であっても、自分が何者なのかを語る肩書は、ないと寂しい。そこで「家事見習い」と付けるとのことである。よくよく考えた末なのだろうが、ぴったりではないか！ これなら私にも当てはまりそうだ。いや、私の場合は「留守番係」も候補になるかな。そうすると、我々の上司であった彼は「あの人」か！

こうして名刺の肩書で遊んでいるうち、やがてその名刺の必要性さえわからなくなり、上司の「あの人」が誰なのか、わからなくなる時期が来るらしい。そうなると、周りの人が自分の名刺を作ってくれるとのことだ。

ただ名刺とは言わず「名札」と呼ぶらしい。迷子に

ならないようにとの配慮と思う。

　名刺は時とともに役割を変える。人生は実に味わい深い。

（2016/5/10）

053 　堀の中から始まるセカンドライフ

　水に落ちた犬を叩くのは易い。もちろんそれは、本来の私の流儀ではない。

　ただ、この犬はあまりにも幼く愚かだ。40歳で華々しい記録を土産に引退したかつてのヒーローが、心の準備もなくふらふらと歩み始めて8年、ついに塀の内側に落ちた。

　彼には人生の長い後半が待ち受けている。覚醒せよというキツイお灸ではないだろうか。

　実は私も愚か者なのだ。富士山を正面に見、眼下に東京湾を一望する房総の海際に小山を買った。別荘にという思惑が外れ、持っているだけの、大島桜に囲まれた3,000坪ほどの耕作可能地である。

　友人は「からし菜」を植えて、その漬物をその地の名物にとアドバイスされた。愚か者ではあるが、一人で働く労働の辛さを考えて、「Not now!」としていたが、場合によっては考え直そうかと思い始めている。

　もし彼がやりたいというならば、二人で始めるのも悪くない。彼にはバットの代わりに鍬を与え、日焼けサロンと痩身に変えて、太陽の下の野良仕事に精を出してもらう。主たる肉体労働は彼の仕事で、20歳ほど上の私は頭脳労働。時々さぼって山を下り、海釣りや

海女さんとのお茶のみデート。

　こんな条件でよければ、彼の後半の人生のスタートにどうだろうか？　無理か……な？

（2016/5/27）

054 フォッサマグナの北の端

　友人を訪ねる4泊5日の、金谷（千葉）〜蓼科（長野）〜糸魚川（新潟）の本州横断旅行。

Day-1：

　うぐいすが鳴きかわす高原レストランでブランチ、ドライブの緊張が解けていく。Late afternoon、ギャラリーオーナー夫妻と久しぶりの「守破離談義」。標高1,800mは脳にも良いのか？　話が弾む。ディナーは800m下った、お気に入りの「ガムラスタン」。ストックホルムのアクアビッツで晩餐の始まり。

Day-2：

　早朝、蓼科を発ち郷里を目指す。いつもそうだが、近づくにつれ昔の思い出が次々と浮かび上がる。半世紀も前に故郷を出て以来、すっかり風景が変わったのに、必ず訪れる場所が東西10キロぐらいに点在する。川や森や海岸に神社など数十か所。犬のマーキングではカッコ悪いので、ライオンがテリトリーを見回るのに似ているのだと勝手に思う。理由はないが、いつもそうしている。将来のことはわからないが、来られる間はそうするに違いない。

Day-3：

　鶏が鳴く前に海に出る。狙うは「のどぐろ」。釣果はすばらしい！　FBにアップするのは最後に止めた。釣り師が殺到しかねないので。というより「ケチな性格は治らない」。

　午後友人の浜脇洋一夫妻を迎える。浜脇氏はオートバイの「Kawasaki」を世界ブランドにした人、BMWを難しい日本市場で成功させた人、自動車の殿堂入りを数年前に果たした人、そして何より「愛国の士」でもある。未来を語る眼光は鋭い。

　山海の珍味は文句なしに美味い。Outstanding! でも、会話はいつでも「真剣勝負」。

Day-4：

　イトヨ（糸魚）が由来となった糸魚川。北アルプスの山塊を源流とする美しい、しかしかつては暴れ川だった河川が、いくつも日本海に注ぎ込む糸魚川。浜脇夫妻の俄かガイドを買って出る。実家から15分ほどの天下の険「親知らず（子知らず）」を視察。北アルプスの山塊が日本海に沈む崖の足元、かつての旅人は波の寄せ引きの間隙を縫って渡っていった。親も子も、どちらかが波にさらわれても助ける術がなかったことから「親知らず」と呼ばれるようになった。80メートルの崖に沿った長い下り階段。かつて勾玉は中国産と思われていたが、どっこい、わが故郷から硬玉の原料「翡

翠」やその加工場が見つかるに至る。縄文人の遺跡は
あちらにもこちらにもあるしい。

　最後は活火山「焼山」の麓の笹倉温泉で「いい湯だ
な〜」。

Day-5：
　懐かしい関東、でも暑い！

大いなる溝　　難所中の難所

（2016/7/10）

055　アユと獺祭のマリュアージュ

　シェフはアユを皿に上げた。カリカリの頭と骨は、海に下り急流を遡上してきた野生をうかがわせる。ミズゴケの内臓は清流の主であったことを主張する苦いソースとなり、銀色の身は野菜の香りを伴い首座につく。

　ワインでよし、お酒でよし、最高のマリュアージュをひそかに楽しむ夜がたまにあっていいものだ。

　なんだか川のせせらぎが聞こえてくるようだ。

食が変われば
体も変わる

手間ひまも
楽しみのうち

（2016/7/10）

056 「お能」が光り出す

観世流シテ方　九世　橋岡久太郎氏は、スピーチに学ぶ

　能は、西洋演劇の祖・シェークスピア生誕から200年ほど遡る、西暦1400年頃に、天才「世阿弥父子」によって整理・統合・完成された「舞台芸能」（日本版オペラ／仮面劇）である。現在演じられる曲目は230番ほどであるが、もともと2,000から3,000番もあった曲目から選りすぐられ、残ったものらしい。

　能の舞台は主に、きわめてシンプルな三間四方の本舞台と、登退出のための橋掛かり（袖）からなり、磨き上げた檜が使われている。観客席は舞台正面と両側面から舞台を見上げるようになっており、囃子や演者の声や床を踏む音がよく聞こえるよう、音響効果にも配慮された作りになっている。舞台には大道具、小道具を使うこともないではないが、極力単純化されたものが置かれるに過ぎず、西洋のオペラのように本物の象まで登場させるのとは大違いである。

　舞台には主役たるシテ方の他に脇役、ツレ、地謡（バックコーラス）、囃子方（笛方・小鼓方・大鼓方・大太鼓方）、アイ狂言、後見が登場し演目を演じる。地謡はシテ方の心理描写や情景描写を担当するほか演者との掛け合いなどを行い、全体の進行をつかさどる。囃

子方の道具で笛のみが施律楽器であるが、打楽器的用途が主である。謡の言葉は、室町時代の言葉使いで五七調が基調である。

能の演目は、物事が現在進行中であるかのごとく演じる「現在能」と、死者の視点で見る「夢幻能」に大別される。演目に登場するのは、神・武者物・女性・鬼・華やかなものなどである。世阿弥が生きた時代もそれに至る時代も戦乱が続いたことから、死は卑近なものであり、「夢幻能」などにはそれらの時代背景が投影されている。能の演目は源氏物語、源平の戦いなど平安・鎌倉・室町と続く三時代の情景が取り上げられている。

演じ手は明治以降女性も見られるようになったが、それ以前は男性で、仮面劇であることもあって老若男女から鬼や亡霊なども仮面の付け替えで演じてきた。橋岡氏の好意で、かつて豊臣秀吉が所有し愛でた「般若面」と、女性美の極致といわれる「女面」を見せていただき、実際に面をつけたときの視野感を味わうことができた。視野の狭さに驚いたが、国宝級のこれらのものを、日常的に実際の道具として使われていることに驚かされた。

さて、世阿弥とその弟子が完成させていった「能」は、室町時代の外国（唐）の影響を受けた豪華で派手な「バサラ」と、平安時代以来の「公家」の美意識を代表する「雅」の相克の中で生まれてきた。「風雅」と

か「わび・さび」の由来と無縁ではないと感じる。バサラの代表格は足利義満が立てた「金閣」で、風雅とわび・さびの代表は足利義政の「東山山荘」である。茶道や華道などにも同様の対比の様式が見られる。天下人になった秀吉や他の大名に好まれ、徳川時代になると武士のたしなみといわれるほどになった「能」や「茶道」は、室町時代の天皇を中心とする公家の文化の流れを引き継いだもののようだ。武家階級は公家の文化に変わりうる文化を持ち合わせておらず、治世の正当性と権威を維持するために積極的にそれを利用した側面もある。秀吉が催した大茶会は派手で大掛かりなもので、茶道に見る「バサラ」的なものであり、千利休を支援し完成させた「詫び茶」はその対極にあるような気がする。

　削りに削って、無駄な動きを徹底して排した「能」。演じる人の表情（感情）を隠す面。面の角度や動きで作り出す陰影、装飾も目を見張るものは一切なし。謡と囃子と掛け合いで粛々と進められる能から受ける印象は、すべての所作が計算しつくされたかのごとき高い完成度である。自然を被写体とするプロの写真家が一瞬の瞬間を待ちに待って、山際を翳めた斜光が作り出す陰影を伴う被写体に向かってシャッターを切るような、能のゆったりとした所作の中の一瞬一瞬の計算された完成度だ。橋岡氏の言にそれを感じる。

「若いころは自分の感情表現をもう少し押し出す能を

試みたが、間違いだった。能は集団芸術で、一人が狂うと全体が瓦壊してしまう」

　はるか昔に完成された「型」を、再現し持続するための鍛錬が欠かせないとのことだ。観世流の流れを継承する9代目に当たる橋岡氏の思いは「変えるべからず」という家訓を引き継ぐことのようだ。リハーサルの必要性に関する質問に対し、一回で十分との答えであった。それがいつもとは違ったメンバーであっても同じようである。それだけ個々の分野の専門性と完成度が高いという事のようである。

　おもしろい事にカラヤンや小澤征爾といった指揮者と奏者が、それぞれの音楽世界を実現するのに、2日4回のセッションで十分と言った事と共通の答えで、ステージに上がるプロが備えていなければならない技量を示唆しているようだ。

　橋岡氏によると、謡の特色の一つは、誰でも唱和できることだという。今まで全く気がつかなかったが、緩やかな抑揚はあるが語り言葉に近い事もその理由かと思った。その話を聞いた瞬間、ある昔日の光景を思い出した。

　夏の開け放した座敷に、祖父と父と長姉が正座して、よく謡を唱和していたものだ。奇妙にハーモナイズしていて、心地よく聞こえたが、あれから半世紀もたってその理由に気がついた次第である。

　世襲制度については、必ずしも実子の男子が継がな

くてはならないということはないが、代々受け継がれた装束や能面は大変貴重なもので、それらを揃えることは経済的には大変困難で、結果世襲の形が一般化しているとのことであった。

　最後に、能の魅力の一つとして、イマジネーションを掻き立てる事も挙げていた。

　ハリーポッターの映画を見、本を読んだ子供たちは、本の方が面白かったという感想を寄せているらしい。たしかに、コンピューターグラフィックをフル活用したSF映画は、見て刺激もありおもしろいが、すぐに記憶から消えてしまうのだろう。だが本を読んで頭の中に描く情景は、すぐには消えない。イマジネーションの素晴らしさを感じた。

　海外公演で外国の人々が大いに感激するのも、与えられた情報の中で、最大限のイマジネーションを働かせて演目を理解するためだろうと理解した。

「能」が、がぜん光を放ち出した。

時には伝統に
触れよう

翼を持たない
人間のために

（2016/8/26）

057 Puppy's eyes

　にわかアングラー（釣り師）の私を引き付けてやまない場所の一つが、釣り具の「上州屋」だ。行くたびに財布は軽くなる。昔は竹竿一つで何でも釣ったが、今は魚によって、釣り方によって道具が違う。それどころか服も靴も帽子も違う。

　最近では、上州屋はポケットからお金を奪う「危険な場所」に変わりつつある。

　最近、その上州屋の隣に「ペットショップ」があることに気がついた。今まで気にもしていなかったが、時間つぶしに入ってみた。いや〜驚いた。これほどの動物がペット用に売られているなんて知らなかった。それにしてもかわいい！　子猫と子犬はとびっきりかわいい。中に黒いテリアのPuppyがいた。

　無邪気に遊んでいたが、近づく私に気付きしきりに尻尾を振りうるんだ目を向ける。数十秒見合っていたが、「これだな！」と妙な納得感を得た。FB仲間に猫や犬を飼う人が沢山いるが、このしぐさや可愛さに魅了され癒しを得ているにちがいない。それにしても、Puppyの潤んだ瞳は迫力がある。固い心を動かす力さえ感じる。

　アメリカの友人がしてくれた逸話を思い出した。

サンフランシスコの繁華街、ケーブルカーの始発点のマーケットストリートにかつて沢山の「物乞い」がいた。その中に子供連れの凄腕の物乞いがいて、通りすがりの旅行者からめぐみの「お金」を徴取して生計を立てていた。

　彼らの凄腕とは瞬間芸で、それは「Puppy's eyes」とのことだった。その物乞いと目があった瞬間、旅行者はポケットをまさぐり、ドル紙幣かクオーター（25セント）を探して差し出すことになるそうだ。そして凄腕は夕方になると、公共駐車場に停めてあったベンツに乗って、颯爽と家に帰るそうだ。

　過剰な好奇心はよくない。釣りに加えてペットと、散財のチャンスが待ち受けている。早く帰って本でも読もう。

子猫ちゃんよりも
子犬ちゃん

危険、
鵜呑みにするな

（2016/9/10）

058 能登　福浦港　朝鮮通信使の足跡

「私は朝鮮通信使（国使）の子孫です」

　16年も前にサムスンの社外重役の一人が唐突に話してくれたことが、頭のどこかに引っ掛かっていた。

　能登旅行の起点・金沢への帰路、朝鮮……正確には渤海からの国使の足跡に触れるチャンスが巡ってきた。能登半島西側のほぼ中央にある福浦港がその地である。

　海食による崖と岩礁地帯に二つの湾口を持つ、良港である。ただ、陸側には消費地を形成する耕作可能な平地が少なく、小さな漁港という風情である。

　この地が初めて日本史に登場するのは続日本紀における記述で、飛鳥時代である宝亀3年（772年）、「帰国を急ぐ渤海使節団が時化で遭難した際に、生存者が福良津で保護された」とある。

　さらにそれから111年後となる平安時代、元慶7年（883年）には「渤海国使の帰国船舶を福良泊で造船・修理した」として、再度その名を刻んでいる。「泊」は当時の律令制下の官港を指し、北陸道で「泊」の付く港は唯一、福良泊だけであった。

　渤海国は230年間に国使を13回から15回、渤海使を34回派遣したようで、その間の日本側の寄港地として、ここ福良津（福浦）が利用されたようだ。

私の友人が先祖だという「朝鮮通信使」は、徳川幕府が鎖国令の中で再開した通信使ではないかと思う。この地に再び賑わいが戻るのは、北前船が登場してからである。

　1690年に93軒だった戸数が、1861年の151年間に194軒と増加している。変化していく時代の大きなうねりに、しっかり食いつき、付き合ってきた福浦の人々の逞しさに、少なからず感動した。

　人のいない岸壁にたたずむと、北前船の全盛期にタイムスリップして、福浦芸者の三味線に合わせて歌ったという船乗りの歌「福浦もじり」が聞こえるような気がしてくる。

いやさか　いやさかと　乗り出す船は
今朝も二艘出た　三艘出たぞ
今朝も二艘出た　三艘出たぞ
福浦もじりを船頭衆に着せて
今朝の船出に　また惚れた
今朝の船出に　また惚れた

こんな場所です

出船の唄

情景までも
目に浮かぶ

（2016/9/19）

059 「山を動かす」

「近未来の経済成長はアジアから」と世界は熱い眼差しを向ける。しかしそのアジアが抱える苦しみの実態に、注目する人は少ない。

ちょうど二年前に「アフリカの奇跡」と呼ばれる、復興目覚ましいルワンダの、ムリガンデ駐日大使からお聞きした話は驚愕するものだった。1994年、国民の10%に相当する100万人が殺し合うジェノサイドが、同種族間で起こったことだ。

遠因は宗主国であったベルギーの、過去の政策によるものだった。100日に及ぶ想像を絶する殺し合いの惨禍の中から復興を主導したリーダーたちの「寛容と勇気」も驚くものだった。

世界の人々が熱い期待を寄せるアジアにも、今もって血を流し続ける傷は数多くある。ルワンダと同様、かつての宗主国の定めた国境が分断を温存するケースや、宗教、民族、格差、抑圧、独立の動きなどが複雑に絡む。それに近年ではテロの脅威、中国などの大国の利害も絡み、解決は容易ではない。アジアはこれからの日本にとって不可欠な隣人である。ただ、より良き隣人であるためには、傷口を直視し、治癒のために貢献することも不可欠である。

ただ、「言うは易く行うは難し」で、今までそんな方にお会いしたことがない。

　ところがそういう方がいるとのことで、紹介を受け、今お待ちしていたところである。現れた方は、とても魅力的な、小柄な女性で、え......この人？　という印象だった。

「堀場明子」さんは、課題は山のようにあるが、渦中にいる人々に寄り添い、紛争の解決と平和構築に身を捧げると、熱い想いを語ってくれた。内に秘めたエネルギーはすごいもので、この人なら山をも動かせるだろう、と確信した。いつか近い将来、またお会いしたい方である。

（2016/10/20）

060 グラミー賞を取る…

　奇遇な縁で、音楽の世界で「グラミー賞」を目指している人、受賞した人、両方にお会いすることができた。

　初めはYMOの坂本龍一氏だ。広尾の小さな懐石料理屋の小部屋で、2時間ほどいろんなことを話した。グラミー受賞（1989年）の数年あとだったと記憶しているが、想像していたミュージシャンのそれとは違う落ち着きと不思議なオーラがあった。

　彼は半導体素子とソフトの塊であるPCの技術の進化に興味があって、盛んに質問を投げかけてきた。ちょうど大型コンピューターからPCへのダウンサイジングが始まる、PC時代の幕開けのタイミングでもあった。坂本氏は直接語らなかったが、PCによって可能となる、音楽領域への最先端技術の取り込みを考えていることがよくわかった。

　次いで4年ほど前にお会いしたのが、活動拠点をロスから日本に移したサウンドエンジニアのご夫妻だ。

　もともと音を作り加工する仕事は、設備産業ともいえる面がある。十分な設備投資と、職人やアーティストのプロフェッショナルな技術や感性が要求される領域であり、その道で世界の一流を目指すなら、環境の

整った米国で経験を積むのが順当な選択枝でもあった。しかしこの世界にも技術革新の波が押し寄せ、大型の機器は次々と、進化したPCに取って代わられていった。この技術進化は、ご夫婦の活動拠点の移動を可能にした。米国で培った経験と実績は、リターンももたらした。事実彼らは、驚くほど多くの有名なアーティストの編曲を手掛けている。

　ご夫妻の夢は「グラミー受賞」である。私にも彼らがグラミー受賞の有資格者だということはわかる。ただPCを駆使すればできるという技術革新がもたらしたコモディティ化は、彼らの手からグラミーを引き離しているようにも見える。彼らはグラミーを諦めてはいない。遠のくグラミーを追ってオランダに拠点を移す。音のエンジニアリングから光や映像まで含む総合エンジニアリングで、先行するヨーロッパで勝負しようとしているようだ。

　昨夜、2014年にグラミー賞を受賞したサックス奏者・佐藤洋祐氏をお招きし、お話と演奏を聴く機会があった。演奏も歌も素晴らしかった。夏の宵に相応しい時間だった。

　熱い想いが言外にあふれていた。今度はご自身のバンドでグラミー賞を狙っているのだな、と私は勝手に解釈した。

　三人のアーティストから学ぶことは「運の大切さ」である。中でも人との出会いとその際の身の処し方が、その後の人生に大きく影響するということである。

錚々たる顔ぶれ

舞台には立たない
職人たち

（2016/12/16）

061 プレミアムフライデー

　プレミアムフライデーなるものが政府と経団連で大真面目に検討されてきたという。消費の拡大と働き方改革につながると考えてのことらしい。

　本当かいな??　月末きりの花金を作るより、毎週末の花金が機能する方が4倍もいいし、毎日が花金のシニアに少し小遣いをやってがっぽり消費させる「毎日花金」を実現する方が、30倍もいいんじゃないかな。政治音痴な私があまり大きなことは言えないが、増税したがり屋の政府と、雇用を縮小させ続けてきた企業のリーダーが取り組むべきことは、ちと違うと思った。

　お金を持っていて毎日が花金のシニア層は、収入の枯渇と老後の心配からちびちび消費の守りに入り、国ががっぽり取り上げようとしている相続税の心配もあって、お金が必要な子供への相続もままならない。働く世代の消費が縮小しているのは収入の不安があることにつき、働き方の改革は楽しい多様な働く場を作ることにつきるんじゃなかろうか?

　政府はプレミアムフライデーなどとケチなことを言っていないで、減税と(ちょっと筋が違うかもしれないが)サマータイム制の採用、経団連の方々には、「みんなで渡れば怖くない」シンドロームから離れて、「わ

が社はこれで行く」と決断を示すことが必要だ。

　世界と比べて競争力ある、働くのが楽しくていつの間にか月100時間も残業しちゃったという、かつての私のような問題児が続出する会社を作ってほしいものだ。世界のデファクトとなる企業がシリコンバレーから次々生まれるが、かの地ではポジションが上がれば上がるほど「猛烈に働き、頭を使うブラック野郎」が多いよ。

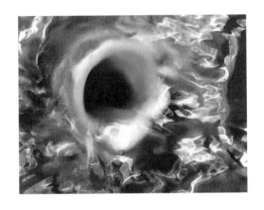

あの週末は
どこへ行った

風前の灯火?

（2017/2/26）

三浦屋「揚巻」

　今日は上司（女房）のアッシー。ピックアップまでの4時間、足は自然と三浦屋の遊女「揚巻」の元へ。

　久しぶりだね、揚巻さん、私が来たことは助六さんに内緒だよ。あんたがあんまり奇麗なもんで、助六さんに横恋慕。今日のアサリ弁当美味しいね。

　暫しの逢瀬も時間切れ、急いで上司のお出迎え。ああ有意義な「アッシッシ」ちなみに彼女の今の住まいは、「江戸東京博物館」。

　一度会いに来てみなさい。ただ奥さんには内緒でね。

城を傾けるほどの

仲睦まじく、
ご一緒に

（2017/3/3）

京都生まれの「ぽろ」

　六本木事務所から、復活したタイガーのドライバーディスタンスぐらいのところに、時々立ち寄る「おばんざい料理」のお店「ホロホロ」がある。写真はその看板娘の「ぽろ」、京都先斗町生まれの22歳。私以外のお客とは口を利かない。

　この子が生まれるずーっと前から、先斗町にはよく行った。仕事かって？　そりゃ愚問だね。……当然だろ。

　私も昔は饒舌だったが、今は寡黙……に近い？　したがって話し相手にゃ「ぽろ」がいい。聞き耳立てたって、僕らの会話は聞こえない。ほろ酔いになると女将の声が聞こえ出す。

雪に変わりが
あるじゃなし

（2018/10/13）

063 村祭り症候群

「Fake Newsを垂れ流すMediaは、アメリカの敵だ!!」

トランプ大統領の世論操作のレトリックに引っ掛かったアメリカと世界の人々。これほど敵を造り上げて、そのあとの交渉や仕事をやりやすくする手法に長けたステーツマンはいなかった。じわじわと進む格差の拡大、取り残された不満のマグマを抱えた負け組に、その原因を作った勝ち組の象徴はヒラリーやマスメディアだと大声でがなり立て、「おれが味方だ!」と大衆の心をつかみ、絶対不利といわれた状況を覆す。

大統領の座を勝ち取った後も「アメリカファースト」で、誰からもわかる手法で雇用の創出と実力行使。TPPもアメリカ不利の固定につながるとさっさと離脱、製造業の海外流出に大統領自身が動き、待ったをかける。1兆ドルのインフラ投資と空前の軍需予算で数百万の雇用を創出、しかも原資の国債は輪転機を回すだけだし、買い手は日本や中国などの外国。実にわかりやすい。

政権の基盤ともいえる国民の支持は雇用機会の創出でつなぎ留め、金融と経済は景気拡大とタフネゴを通じての競争環境の米国絶対有利の実現で支える。ペンタゴンは軍需予算の大幅積み増しと他国負担の拡大で

軍需優位を保証する。アメリカファーストが透けて見える、交渉上手の手ごわい新政権だ。

　安倍総理とトランプ大統領の関係がよいのはよいことだが、それが両国の蜜月とはならないことは確かだ。80年代のレーガン大統領と中曽根首相、ロン・ヤス蜜月時代と一般には思われていたが、貿易摩擦の先鋭化（スーパー301の発動）・プラザ合意・半導体摩擦と大もめにもめた時期とも重なる。今回もそれ以上だと思う。

　アメリカを遠く見て、太平洋を挟んだ日本には春到来のニュースが流れる。列島は現在「村祭りのど真ん中」だ。築地魚河岸・オリンピック・東京銀行、新たに森友学園も加わって、笛鐘太鼓にお囃子と、朝から晩まで大騒ぎ。祭りの主役はいつもの三羽ガラス、政治屋・役人・悪知恵商人。賑わすお囃子はマスメディア。

　しかしそこでは「Japan First!」の声はまったく聞こえない。これでいいんだろうか？　いっそ幼稚園児に言わせようか！

自国第一主義の胎動

とはいえ、離れるわけにも

（2017/3/3）

　なが〜い一日を終えて、さあ帰ろうと車に戻ってきたが、キーがない！　いったいなんということか!!

　頭の中が真っ白になる。茫然自失ってこういうことを言うのだろう。最悪のケースが頭をよぎる。60キロ先の自宅までタクシーで帰る。乗り込むことのできない車のそばで朝を待ち、それから手立てを講じる。宿を探しそこで朝を待つ。しばらくショックで思考がそれ以上進まない。

　今日は移動が多かったから、落としたら見つからないなーと一旦は諦めたものの、落とした可能性のあるところを思い描いた。タクシー二回の移動、会議室、居酒屋。思い直して電話をかける。会議室はすでに遅くてつながらず、居酒屋は見当たらないとの返事。タクシーは望み薄だな。ポケットの底に釣銭とレシート

を見つけ電話をかける。初めの運転手はつれない返事。残るは朝利用した新人運転手。動作が遅く挙句にすべてナビだより。驚いたことにナビを入れ間違い、料金も倍近く請求された。電話に応えて「座席には見当たらぬ」とのこと。あ〜あ、まったくついてなかったと思った矢先、くだんの運転手から電話。「シートの割れ目に挟まっていました」Oh God!!　よかったギブアップしないで。朝のダブルチャージは、結末を用意した「神様のいたずら」か。

　一夜明けて朝のテレビ中継。神の子、セルヒオ・ガルシアがマスターズで悲願の優勝を勝ち取った。夢を断ち切られたかと思った終盤の連続ミスによるダブルボギー二連発。でもギブアップしなかったセルヒオに、メジャー出場74試合目に初めて神様は微笑んだ。感動した。ガルシアばんざい！

　私の幸運とは比較にもならぬが、夜を挟んでのうれしい出来事だった。

もしもの場合は、
このように

（2017/4/12）

065 多作の画家

　お金もあまり使わないで時間をゆっくり進ませるためには、「日常の中に潜む何かに好奇心を抱き探求する」ことが一つの解といわれる。全く同感である。

　それで思い出した先輩がいる。大前研一さんをリクルートした、我が国の人材業の創始者ともいえる方。油絵が得意で多作の方ともいえる。奇遇なご縁で先輩を教えた絵画の大家にお会いし、先輩の作風をお聴きしたところ、「前にも後にもあのような人は見たことがない」といわれる。「普通の人は描きたいものへのこだわりがあり、対象を見つけるのに慎重だが、あの人は身の回りのすべてが絵心を掻き立てる対象」とのことだった。合点がいく。

　私に「この3枚の中から好きなものを選べ」といわれてみると、玄関の土間と竹箒、家庭菜園と引き抜かれた大根、特徴の薄い街並みといった具合だ。どこに飾るか躊躇するもので、今では倉庫の奥深く大切に保管している。

　余談だが、大事な油絵が十数点入っていた車が盗難にあったとのこと。小物・小銭一切盗まれたが、絵だけはそっくり残っていたそうである。

　素晴らしい先輩に続きたいものである。

好奇心を刺激せよ

少々、
理屈を述べますと

（2017/5/8）

066 サバイバアー

「禍福は糾える縄の如し」と史記にありますが、永年サイクリックなハイテク産業にいると、この言葉が実感を持って受け止められます。絶頂のピークに不調に続く下降が始まり、その逆もまた同様と、そんなサイクルを幾たびも経験してきました。

　私の前職場、AMAT社では、「そのサイクルを単に受容するだけでなく、波乗りよろしく、自社の成長・発展の手段に使えないか」と努力工夫し、不況を経るたびに市場シェアを5〜10％改善する手法を確立し、目覚しい成果を挙げました。名刀は砂鉄から得た鉄を、何度も熱し打ち叩き、鍛錬したものを砥ぎあげて作られます。同じように、厳しい好不況のサイクルの試練を受ける半導体・液晶産業は、名刀、即ち傑出した会社を輩出しても良い環境にあります。

　しかしながら、傑出した会社が少ないのは、覚悟の度合いに問題があるのかもしれません。その経営上の覚悟を表す言葉やエピソードのいくつかを、紹介しておきましょう。

Only the Paranoid Survive
　90年代の覇者・インテルの現会長、アンディ・グ

ローブ氏は、「オンリー・ザ・パラノイド・サーバイブ」という本で、「経営のあらゆる局面で、足元をすくわれかねない危機に偏執的に取り組まなければ、生き残れない」と説いています。

女房と子供以外はすべて換えろ

たまたま私が社外取締役を勤める、お隣の韓国・サムソン電子の李会長は、1997年の国難とも言える金融危機の下、経営改革を進めるため「旧来のやり方を廃し、不退転の気持ちで取り組め」と、この言葉で檄を発しました。

結果は衆知の通りですが、快進撃を続ける今も目先の好調に心奪われることなく、改革路半ばとして取り組む姿には、グローブ氏のいう「パラノイド」の姿がダブって見えます。

両社は、ワールドクラス企業と呼ばれるに相応しいと思いますが、そのようなブレークスルーを達成するには、傍目には狂気に映るような、強烈な努力が、しかも長い時間にわたって必要だということです。

不夜城、AMAT

私が25年間トップマネージメントの一人として在籍したAMAT社にも、似た文化がありました。

1984年1月後半、できたばかりの山荘に、後に同社社長となるダン・メイダン氏を招いた日の翌朝のこと

です。厳冬期、しかも標高1,700メートルとあって、家の中でもマイナス16度。少し早起きして部屋を暖めようとリビングに行くと、寒気の中で考え込むように、メイダン氏がたたずんでいるのを見つけ、たいへん驚きました。しかし何ごとかと心配する私に彼は「おはよう」もなく、いきなり訴えかけたのです。

「岩﨑さん、今度の新製品の日本担当には、最強の人を至急つけてほしい......もし手配が遅れたら、この製品は市場性を失い、AMATの将来が危うくなってしまう......今すぐ、誰かをアサインしてくれ」

この時は本当に驚きました。しかし今から考えると、倒産寸前だったAMATを率いて、20年間に90もの製品を開発し、年率30%の成長を維持し、ピーク時には1兆2千億円を売り上げる会社に育て上げた、リーダーを象徴する出来事だったと思っています。

本当に真剣勝負でした。開発チームはクリスマスも
サンクスギビングも、新年も関係なく、いつも誰かが
働いていました。

　それゆえ彼らのいたビルディングは「不夜城」とか
「無法地帯」などと揶揄されたものです。

（2017/7/11）

067　頬紅と上がる稜線

　最近孫娘に驚かされた。

　写真は7年前のもので、孫娘（写真右下）は小学一年
生。当時は週一ペースでレストランで落ち合い、夕食
をとっていた。ひところ、孫娘はシンデレラ病に罹っ
ていて、ディズニーランドで買ってもらった三点セッ
ト（ドレス・ティアラ・ハイヒール）で身を飾り、レ
ストランに現れたものだ。ただ、俄かシンデレラの孫
娘は、入店直後にはシンデレラであることを忘れ、三
つ年下の弟（写真左）と恒例の「（どちらがそばに座る
かの）ママ争奪戦」に突入。ひとしきり争ってどちら
かが泣いて初戦終了。

　その孫娘もいまでは中学一年生。

　久々のお出かけ。待ち合わせ場所に現れた孫娘、鼻歌を歌って上機嫌。

　少し背も伸びたかな......でも何か変だな？

　なっ、なんとお化粧をしているではないか！

　うっすら引いた「口紅」、「ほほと瞼」が微かにピンクイッシュ！

　何か春が来たよう。

　かくして孫娘は「シンデレラ」を卒業し、「夢見る乙女」になった。

　口ずさむ歌からはさっぱりわからんが、何か蝶々が舞う花園みたいなものだろうか？

　悔しいことに7年の歳月は、私の額の稜線を一センチほども上げてしまった。

「くれない」の
美意識

治療はこちらへ

（2017/11/28）

068　厳寒のソウル

　久しぶりに厳寒のソウルに降り立った。零下18度の乾いた寒気は半端じゃない。鋭いガラスのナイフのように、露出した肌に突き刺さる。こんな日の夕食は、親しい友人と熱くて辛い韓国料理に限る……などと思っていたら、旅行から帰ったばかりの友人が駆けつけてくれた。

「とうとうインテルを抜いて世界トップになりましたね。おめでとう！」

　友人は韓国最大財閥の元副会長で、同社最大の事業「半導体と液晶」の生みの親。1969年の暮れ、三洋電機との技術提携が半導体進出の第一歩だから、間もなく半世紀。私と同じ齢の友人は確か研修生として日本に来ていたようである。

　それが今では世界の超有名人。友人との最初の出会いは25年前で、彼が顧客で私がベンダーという関係だった。

　開口一番「岩﨑さん、あなたはいつから兵器商人になったんだい？」あまりにも高額な装置に驚いて発した言葉だった。とは言うものの「兵器」と呼ばれた液晶パネルの製造装置を、その後も買い続けてくれた。彼は昇進を続け取締役となり、上り詰めて巨大財閥の副

会長になった。

　そんな中で二人の関係にも新しい局面が生まれた。2000年に私は同社機関投資家の推挙で社外取締役になったのだ。人生って面白い。

　ビールにマッコリに赤ワイン、厳寒の夜の酒はうまい。

「朋有り遠方より来たる、亦た楽しからずや」

　論語の一節が脳裏をかすめる。

実用第一が
大正解

暖めることが
おもてなし

（2018/3/1）

069 ミステリーローズ　恋の季節

　超バラ好きのことを「ローザリアン」と呼ぶらしい。鋭い棘を持つ枝葉の先端に、色形それぞれの個性豊かな花をつける。個性豊かで多様ゆえ、古今東西「薔薇」は人を引き付けてやまない。国や洲や都市の花になり、家紋となって今に至る。

　無骨者の私にも「一目ぼれ」の経験がある。林に囲まれた瀟洒な建物の屋根を覆う白薔薇を見た時だ。故郷雪国の冠雪した風景にも見えたが、むしろ「花嫁（住まい）」を守る「ウェディングベール」だと思った。

　かくして純白の花弁と鮮やかな黄色の花芯を持つ「難波茨（チェロキーローズ）」との付き合いが始まった。この薔薇は色々な「縁」をもたらした。正真正銘世界に誇れる「ローザリアン」との出会いである。

　住まいの佐倉は元城下町である。現在も元藩主の堀田家13代当主、堀田正典氏が住まわれている。近年、その堀田邸に咲く「薔薇」に熱い眼差しが注がれている。100年ほどの静寂の時を経て再デビューを待つ「ミステリーローズ」の発見である。お聞きしたところによると、二代前の当主「堀田正恒伯爵」が帝国海軍の政務次官として欧州歴訪の際に見出し、持ち帰った「薔薇」とのことだった。

私の直感は「恋に落ちたに違いない」であった。幾多ある薔薇の中からこの薔薇を選び、遠い日本まで持ってきたのだから、文句なしの「一目ぼれ」に相違ない。いかつい「軍務」と「一目ぼれ」にいささかの乖離は感じるが、わからぬでもない。

　一方、私が敬愛する「ミステリーローズ」の発見者でもあり、100年の眠りを破った人でもある「ローザリアン」。

　かくして、前原克彦氏（NPO法人ばら文化研究所理事長）によるルーツ探しが始まった。それによると、フランスの育種家ナボラン家が100年ほど前に創り出した、中国由来の蔓薔薇「ツルティローズ」に違いな

いとされた。

　今、堀田邸の「ミステリーローズ」の分身が里帰り
し、根付き、この春から花を咲かせるとのことだった。
間もなく一年で最も賑やかな「薔薇の季節」が到来す
る。

　一目ぼれのシーズン到来である。

名家のたたずまい

ドキューンと
来るのはなぜ?

（2018/3/8）

070 小大を制する「大きい夢」

　日の丸を見上げる日本女子パシュートチームの小さいこと小さいこと、二位オランダチームとの体格差は親子以上にも見える。よくあのオランダに勝ったな……。日本人の胸を熱くしたこのシーンは、この冬の平昌オリンピックのハイライトだった。この勝利の裏には、とてつもない努力があったに違いない。中には500メートルスピードスケートの小平奈緒のように、最先端を行くオランダに単身乗り込んだ選手もいたと聞く。さすが日本女子だ。

　さて、ピョンチャンから目を転じ、日本の製薬業界を見ると、国内・国外企業入り乱れての熾烈な戦いが繰り広げられている。それにしても、海外勢との体力差は大きい。ピョンチャンで見た差以上で、まるで大人と小学生の戦いのようだ。

　日本チャンプの武田薬品工業でさえ世界15位で、勝負になる10位以内を目指すには、売り上げ規模で今の2倍は必要と言われている。でも実態は過去20年で6位から15位とランクを落とし続けている。

　欧米企業はその真逆で、それぞれに盤石な国内市場で足元を固めつつ、国外市場を成長源として世界制覇を狙っている。こんなことで日本勢は勝てるのだろう

か？

　ここでも、かつて日本の電子産業が辿った過当競争・国内市場偏重・減り続ける戦略投資・遅すぎ、小さすぎる改革によって衰退していった、負のスパイラルが見て取れる。

　ここで、話をもう一度ピョンチャンに戻したい。日本チームのあのミラクルを実現したヘッドコーチ、ヨハン・デビット氏の存在だ。彼は就任直後に関係者全員に達成したい目標を聞いて回ると、「目標が低すぎる、イージーだ」と言い切った。そして戦う意識とフィジカルの強さを徹底的に求めた。古い殻を破れないで、世界のトップになんか絶対に立てない、とのメッセージだ。

　若者よ、村を出よ。世界は広い！

大きいことは
良いことだ

小さくたって、
やるときゃやる!

（2018/3/21）

071 わが師

　私は32歳で商社をスピンアウトし、シリコンバレーの倒産寸前だったApplied Materials社と50対50のJVを創業した。

　国際企業の経営に携わりたいという、気負い先行の無鉄砲な旅立ちではあったが、そこでは多くの学びを得た。中でも大きな収穫は、世界の多様さと広さに驚いたことと、「自分は何も知らない」ということを知ったことである。

　生来の強い好奇心もあって、その後もたくさんの師との縁を結んだ。JVの相手先の副社長でもあったロバート・グラハムは、その一人である。

　アメリカインディアンの血を引くグラハムからは、マーケティングや販売に関する多くのことを学んだ。グラハムはロバート・ノイスがインテルを創業した時のマーケティング担当副社長で、インテルジャパンの生みの親ともいえる人である。

　○○がほしいという顧客の要請に喜んで飛びつくのではなく、○○を必要としている合理的な理由を探るクセを身につけることが大事だ、と教えてくれたのも彼だった。

　要求元である地方工場の課長から、工場長・事業部

長・担当取締役を飛び越えてはるかに上の社長にまで辿るもので、分析のために、いろんな人と面談したり有価証券報告書などを精査したりしたものだ。

写真の壺は、彼とメキシコ国境のチュアナに旅した時に手に入れたものだ。アメリカインディアンが作った「バロ・ネグロ」と呼ばれるもので、メタリックブラックの陶器である。これを見るたびに懐かしい師を思い出す。

ずっと後の2000年になって、グラハムの名を冠した「SEMI Sales and Marketing Excellence Award」がスタートした。

子のたまはく

実用性はない、
らしい

（2018/8/9）

072 ミツバチのホバリング

　北宋の詩人蘇軾が「春夜」の中で「春宵一刻値千金」と詩っています。確かに異論はありませんが、この時期の朝も捨てられません。住宅地の中の小さな庭（貝殻亭庭園）の草木にも、一斉に花が咲き、精いっぱい自己主張をしながら、若い命を謳歌します。花が最も奇麗で魅力的なのは「朝」だと、薔薇のブリーディングをしている著名な友人が教えてくれました。一度、朝の庭園に行ってごらんなさい。何かを発見するでしょう。彼のアドバイスは確かでした。まずは沢山の熊ンバチです。ホバリングしながら次の瞬間、花から花へと忙しく飛び回っています。大小の蝶々も、ミツバチやアブもといった具合です。花は朝に向かって彼等を迎える準備をしていたのです。来客が間違わないように自分の形や色を整えるとともに、受粉の準備もし、蜜をため、香りを解き放つ。

「百花繚乱」も「春朝一刻」も人だけのものならずと教えられました。

共存共栄の極致

（2018/8/23）

073　海の女王

　最近ゴルフが下手になったので、その練習がてらに釣りに出かけた。クラブを釣り竿に持ち替えて、大海原のフェアウエイ......というわけではない。久しぶりに海の女王「真鯛」に会いたくなったからである。

　目的地は外房大原の沖で、台風一過ともいえる青空と心地よい微風の中での釣りとなった。

　真鯛の魅力は何といっても、美しいことと引きの強さである。

　釣果は今ひとつであったが、最後の一投で1.8キロの見事な鯛を釣り上げた。目の上のグリーンのアイシャドウ、ピンクのボディのグリーンのスパンコールが文句なしに美しい。引きも強烈で、地球を釣った（根がかり）かと勘違いしたほどだった。

　きりりと冷やした白ワインと「鯛の塩釜」にレモンを絞って......なんて「悪くない」よね。

　鯛釣りの師匠と一路港へ。伊豆半島に沈む夏の太陽が美しい。写真は、私の船釣りの師匠。

興奮と歓喜と

眼にも口にも
美しい

（2018/8/23）

074 新しい旅の始まり

　かつてクルーザーを買ったが、忙しくなって免許を取る間もなく、2年ほどして手放した。この間、免許を持っていた息子や友人を誘ってクルーズできたのは3回ほどだった。

　あれから20年ほどした去年の暮れに、今度は陸のクルーザー「キャンピングカー」を買った。我が家のスーパーバイザー（女房）は呆れたのか黙認したが、きっと尋ねたら「やめたら」と言われたに違いない。少しばかり練習も重ねたので、そろそろ遠出をしようと考えている。

　とはいえ旅に友人はつきものだというわけで、人に加えて「釣り道具」と「ドローン（Mavic Pro）」を帯同することにした。

　この分では利口とは無縁の面白可笑しい「阿呆」人生を往くような気がする……。

今いる場所こそ
我が家

トンビの眼

（2018/8/23）

075　オットット「日本大丈夫？」

　戦後レジームからの脱却なんてずいぶん前からいわれていたのに、政・官・財・学どこをとっても甘ちゃんで、痛みを伴う変革はいつもいつも「後回し」。あっちこっちでボロが出て、ワイドショウネタに不足はない。腐敗臭漂う日本列島って言い過ぎだろうか？

　ガバナンスなんて洒落た言葉があるけれど、突出と反対意見を嫌う和の国日本、掛け持ち大好きで物言わぬ監査する側も有名人大好きで、友達の手心を期待する監査される側も、ズブズブズブの関係。腐敗どころか戦後レジームの発酵はこれからも続く。

　日本人の大多数の平均像に近い「尾畠春夫」さんの、二歳児の救出に沸き返る日本。一生懸命働いて、自ら定めた定年に達するや職を辞し、世の中への恩返しに余生を捧げるという、尾畠さんの生き方の潔さを見てつくづく思う。かたくなに特別待遇を辞し、次の被災地に向けて車を走らせる。

　人の心を揺さぶるヒーローは、嘘っぽいマスメディアへの登場者なんかではなく日常の中にこそいる。

ちゃんと
わかってんのかね

生き方は、
自分が決める

（2018/8/23）

　ゴルフ好きで気心が合うということで、十数年前4人の仲間と「春秋会」を立ち上げた。一番の若年者が私で、ついで安崎氏（大手建設機械小松の元社長・会長）、倉員氏（元学習塾経営者）、最長老は浜脇氏（日本BMW創設者・モーターバイクKAWASAKIを世界ブランドにした人）で、プレイと終わった後の談笑が特別楽しかった。時には俳句一句を持ち寄るなんて宿題もあって、大抵ワインボトル2〜3本を空けたものだ。

　だが昨秋、小さな予兆があって、今年になって安崎氏と倉員氏が次々と不帰の人となった。

　残された二人で「春秋会」の解散の宴を計画した。浜脇氏の手作りのラザニアは飛び切りの味だったし、姿こそ見せないものの、安崎氏と倉員氏も会話に参加しているかの楽しい会話になった。

　然して、春秋会は永遠に続く会に

なった。単に場所がこの世とあの世か、それともあの
世で4人そろってかの違いということだ。

（2018/8/23）

077 小さな黒船「ダイソン」

　掃除機はこれでいい……と皆で眠り呆けていた家電メーカーの大広間に、すっと入ってきたのが英国生まれのダイソン君。ちょうどいまから20年前のこと。

　クイーンズイングリッシュ訛りの若造がいるなってなもんで、かる〜く見ていた重鎮の重〜い瞼が少し開いた8年後、なんと！　くだんの若造はマーケットの3割を奪ってしまった。

　日本村の重鎮、大慌てで檄を飛ばすが重い体は動かない。この間もダイソン君の快走は止まらない。すでに過半のマーケットは彼のもの。

下手な宣伝はもはや不要。手にとりゃわかる！　日本村の麗しきママとの握手戦法。

　かくしてダイソンはママの恋人になり、重鎮はダイソンならぬ大損から立ち直れない。

　私はママではないが、掃除を下命されたジジイでも、ダイソン君との握手で、彼とは別れられないな、と確信した。

最新鋭の
ブラックシップ

音がすごかった

（2018/8/23）

078 イノベーションの巨大三角波

　第一波：「角砂糖大のシリコンチップに、ニューヨーク州立図書館の蔵書すべての記録が収容される時代が来た」と、サンディスクのエリ・ハラリが感慨深げに私に話しかけたのは、今から20年ほども前になる。その時はまだ、半導体の微細化や省電力化という技術進歩に心を奪われていて、半導体素子が人類にもたらす巨大なインパクトを理解していなかった。ところがその後、ある雑誌に「米国の教育現場で、子供たちのカンニングをとがめないようになった」という記事を見つけた。その理由は、PC内蔵の膨大なメモリーから、必要情報をググって取り出す行為が、他人の知識をカンニングすることと同じだから、ということだった。

　半導体素子の進化がもたらした巨大なインパクトの実体は、知識を限りなく「タダ」に近づけたということだった。過去の賢さの定義は、知識や情報を人より早く多く覚えること、またその知識を元に正しい判断を速く下すということだった。しかし今や知識は角砂糖大のシリコンキューブから無尽蔵に、しかも瞬時に、ほぼタダで引き出されるものに代わり、効率よくググって取得した情報の判断の方に賢さの比重が移ったということだ。

第二波：半導体素子だけでも十分すぎる変化なのに、人類はもう一つの大波を被った。その衝撃もシリコンキューブに匹敵するものだ。国境・人種・宗教・産業等あらゆるものの障壁・界・仕切りを超越する、シームレス時代の到来だ。インターネットと通信技術の飛躍的進歩が、大波の発生源だ。

障壁の下がった環境下では、想像もつかない結びつきが次々に生まれている。安定の重要な要素でもあった秩序や規格や習慣は、新しいエコシステムの生成を邪魔する要素にもなっている。安定を破らずに新結合で成長を取り戻すという試みは、そう簡単ではなさそうである。

第三波：シンギュラリティ時代の大波は判断の「タダ化」である。事実、AIやIoTの発達は思ったより速く、応用面でも急速に広がりを見せている。

脳科学の分野も長足の進歩を見せている。「心を科学するなど神への冒涜だ」と捉える人もいる。ここでも神の世界と人間のバウンダリーは低くなっている。ホーキンズ博士があと30年ほど生きていてくれたら、頭で考えるだけで音声や活字になり、手足もロボットなどの代替機能が働き、意志の通り自由に動かせていたはずである。

現在進行形で進んでいる知識と判断がタダで、境界のない時代は、どんな未来を提供するのだろうか？最も人間らしい「感性の喪失」が起こりはしないか、心

配である。

　海難事故の原因の一つとされる巨大な三角波は、遭遇した船舶を瞬時に沈没させるということを聞いたことがある。私はそれほど悲観的ではないが、シンギュラリティ時代の到来は、部分的ではあれ三角波が発生する可能性を秘めている気がする。

夢なき時代

ホントに
怖いんですよ

（2018/8/23）

079 無言のギフト

　3時間半のドライブで蓼科に至る。

　室内灯をつけると、ペットボトルの代用花瓶が目に飛び込む。そっと投げ込まれた高山つつじの「黄色」にも、秋の深まりを感じる。

　頼んだつもりもないので、掃除のおばさんの配慮だろう。なんの言葉もない置き土産、これからこの花瓶は蓼科の宝物。

　ふと、蓑（雨具）を借りようとする太田道灌に、貧しい農家の娘が無言で山吹の花の一枝を差し出したストーリーを思い出す。

七重八重
　花は咲けども山吹の
実の一つだに
　なきぞ悲しき

キュウリは
ないのか?

（2018/10/18）

080 天気晴朗ナレドモ浪高し

　バルティック艦隊を破った日本海軍の参謀、秋山真之が大本営あてに打った電信「天気晴朗ナレドモ浪高シ」を思い出させる天気、房総大原漁港から漁場を望む8人の釣り師の胸は高鳴る。出港して50分、ドシンドシンと船底を打ち付け波しぶき、もみくちゃ航行を経て漁場到着。

　いざ戦闘開始。

　5時間に及ぶ戦いの成果がこの写真。

　真鯛が6匹・馬ヅラハギ1匹・ヒラメが8匹・ハタが1匹・河豚2匹・ベラが二匹。

「どうだ、見ろ」と言いたいところだが、結構「しょぼい」。

　そうそう、言い忘れたことがある。写真には入りきらないのでやめたが、ねえさん方二人は何度か地球を釣っていましたぞ。船頭は「根がかり」とか言っていたな。

名プロデューサー

地球を
リリースするには

（2018/10/23）

081　聞こえすぎる耳

　ピアノの調律を終えたお姉さんに、聞き取れる音程の限界を聞いてみた。半音階（100セント）の100分の5程度までは聞き取れるとのことだった。そして調律は感覚・感性（アナログ的）手法で、まずは「大まか」に、そして「微調整」は数学的・工学的（ディジタル）手法でという組み合わせで行っているようだった。難聴気味の自分とは比較にならない。

　その感度がどれほどすごいかわからないので、いくつか質問してみた。それだけ鋭い音感を持っていると、音楽の楽しみが増えるでしょう？　ところがどっこい、音程のはずれが気になって楽しめないことの方が多いとのことだった。ただそう言っていると楽しむことができないので「仕事耳」を「感性耳」に切り替えるのだそうだ。

　また、音の聞き分けができるので、演奏家の人間性も見えるようで、「俺はこんなにできるんだぞ」という「うぬぼれ、過剰技巧派」の演奏には付き合えないと、アンコール曲の前に席を立つそうである。

　あなたの将来のゴールは？　と聞くと、ワールドクラスの演奏家の専属調律師になりたいとのことだった。著名なゴルファーが専属のキャディーを帯同し一心同体で勝負するように、アーティスト（ピアニスト）が最高の演奏をできるように、最高のピアノを用意したいと言っていた。今の仕事が好きだと、道具箱が入ったザックを背負って陽の落ちた道を帰っていった。

耳は鍛えられる!

地道な作業

（2018/10/25）

082 ジャッズで「アメリカ～ン」に

　ジャッズとの初めの出会いは半世紀も前と意外に古い。サンフランシスコのマーケットストリートの定宿から、ごく近い坂道にへばりついた「バー」だ。薄暗いカウンターの奥にピアノがあって、いかつい黒人の男性が弾いていた。「バー」に5人以上人が入っていた記憶はないが、2～3人ほど入ると、バーカウンターに腰かけていた黒人女性が、ピアノの前で歌った。初めて飲んだバーボンの酔いもあって、ピアノ横のピッチャーに大枚の5ドル札をねじ込んだ。とてもアメリカ～んな気持ちにしてくれたお礼というわけだ。

　近所に住むジャッズシンガーの飯田さんのお誘いのおかげで、あの「アメリカ～ン」な気持ちを追体験する機会を得た。まずは何より、飯田さん誕生日おめでとう。39歳と言われていた通りだとすると、私がシスコでうろついていたころは、お生まれになっていなかったということ。

　さて、今回のパーティではまた違った「ジャッズ」「新しいアメリカ～ン」な気持ちを体験することができました。電球の照度に例えるとシスコで聞いたジャッズは60Wで飯田チームのそれはかなり明るくて80Wぐらいの違いでしょうか。ピアノの市川さん、ベース

の吉野さん、そしてドラマーの二本柳さんの組み合わせは絶妙で、楽しく明るい演奏でした。ゲストの佐藤洋祐さん、歌にもサックスの音色とリズムにアメリカのしかもグレゴリーの匂いを彷彿させますね。最後に歌姫の飯田さん。ジャッズへの熱い想いが伝わり、感動しました。39歳ですから、これからシンガーとしての爆発が始まるんですね。

「Baby's alright, everybody's alright Superfly」の熱唱がまたいい。

さあ、
どこに行こうか

そもそも…

（2018/12/5）

250

083　久能山東照宮　家康の夢

　徳川家康が眠る久能山東照宮に来た。厭離穢土・欣求浄土（ごんぐじょうど）を旗印に、150年に及ぶ戦国の世に終止符を打ち、その後260年の天下泰平の礎を築いた英雄の墓地だ。麓から登る1159段の石段には少し参ったが、駿河湾を眼下に擁す墓地に立つと、武力に頼らず安定を生む、新時代のための布石を打ち終えた家康の安堵感が感じられた。

　武家諸法度の制定や参勤交代、手伝普請等は、徳川幕府の治世の安定と繁栄につながったことは確かだったと思う。しかしどんな経営モデルもいつかは機能不全に陥る。徳川幕府もその例にもれなかった。1867年の大政奉還で幕を閉じた徳川幕府に代わって登場したのは明治政府だが、西欧列強に負けじと工業の近代化に励むにとどまらず、帝国主義の野望のもと、7年後の台湾出兵を始めとして、約80年にも及ぶ侵略戦争の時代に突入していく。この間、元号が明治から大正・昭和と変わったが、その後は日清・日露の争い、韓国併合、第一次大戦と続き、最後は無条件降伏に帰着する太平洋戦争と、江戸時代に比して大変できの悪い「国家の経営モデル」ではなかっただろうか。私見ではあるが、無条件降伏による「サドンデス（突然死）」のよ

うな終結は、戦争の時代に対する国民レベルの総括を不十分なまま置き去りにした。さらにその後米国が主導する戦後体制の渦の中に巻き込まれていったところに、考察も理解も浅い危うさを、今もって感じている。

その総括なしにスタートした70年超に及ぶ「戦後（現代）モデル」は、経済や工業技術の視点で見ると、目覚ましい復興を遂げた。まさに奇跡ともいえる一時期もあったが、今ではすっかり精彩を欠いている。

　世界に広がる格差の拡大と固定化、人口爆発による自然破壊や自然への畏敬の念の喪失、集団で生きる人間の連帯感の希薄化というという、人類共通の大きな課題の解決に繋がる日本のモデルの発信が見たいものだ。もしかしたら、それは家康が描いた欣求浄土のようなものかもしれない。

もじれる…

自らのなき後まで案じた男

（2018/12/10）

084 「科学者になりたい」少女の夢

　小学5年生の「舞」は、波の音が聞こえる海のそば、私の生家で育った元気な女の子。将来何をしたいかと尋ねたら、科学者になりたいと言う。「フーン、それで何をしたいの？」

　クラゲの毒から薬を作り出す研究をしたいのだそうだ。一年ほど前、海で泳いでいてクラゲに刺されてから、クラゲに興味を持ったようだ。

　水族館に出かけ、いろんなクラゲを研究する中で、その分野の研究者とも知り合いになった。クラゲの毒について尋ねるうちに、まだ十分な解明が進んでいないことや、場合によっては毒から薬が生まれる可能性があることを知らされたようだ。

　研究者が「舞」の質問にていねいに答える手紙や、手紙に添付された研究論文を「舞」は大切に保管していたが、それを見て何か自分までうれしくなった。

　今では、近所の魚屋までもが不思議なクラゲもどきを見つけた時は、「舞」に届けてくれたりもするようになったらしい。入手経路は聞き逃したが「クリオネ」もその一つで、「舞」は冷蔵庫でしばらく飼っていたとのことだった。

　昨年の夏休み、ノーベル化学賞を受賞した白川英樹教授が塾長をされている「ソニー教育財団」が主催する「科学の泉　子供夢教室」に全国から選ばれた小学5年から中学2年までの18名の一人として「舞」も参加した。一緒に寝起きし、グループごとに違うテーマで自然から学ぶ5泊6日の旅は、相当エキサイティングなものだったようだ。この間に得られた刺激は、子供たちの未来の扉を少しだけ開くことになったようである。

　昔々5年生だった私も応募したくなったが、どう考えても無理だね。

美しく神秘なるもの

天使が悪魔に
変わる瞬間

（2019/1/12）

085 的中していた未来予測 Moore's Law

　Gordon Mooreと言えばIntelの創設者の一人で、1965年に経験から見出した「半導体の集積率は18か月で2倍になる」という「Moore's Law」を発表した慧眼の人でありました。

　実は、私の前職でもあったAPPLIED MATERIALS（AMAT）社とMoore氏とは浅からぬご縁がありました。1968年、よちよち歩きのスタートアップに過ぎないAMATに10万ドルもの投資をしてくれた株主でもあったのです。

　当時のデバイスメーカーはチップを作るのに必要な製造装置の大半を内製していて、その負荷が極めて高いことに悩んでいたところに、AMATが製造装置専業メーカーとして現れたことを歓迎しての投資でした。ただ、AMATにはその後10年にわたる経営危機の時代が待っており、株主の期待からはほど遠い状態が続きました。それでもMoore氏は株を持ち続け、製品を買い続けてくれました。徐々に力をつけ製品を増やすAMATの成長の姿を見て、Vendorの株を顧客が保有するという利益相反の関係を避けるためにMoore氏は株を手放しますが、そのすぐ後の80年代からAMAT飛躍の30年が始まったことを思うと、創立初期を支え

ていただいたMoore氏には株を持ち続けてほしかっ
たと思っています。
　　情報化時代を開花させ、世界を結ぶ「Connectivity」
を実現したシリコンチップに、微細化という翼を与え
た「Moore's Law」も、物理限界にぶち当たったとい
うことで、2021年にその終焉が来ることをSIA（米国
半導体工業会）は宣言しました。

IoTの
現在とこれから

未来を
見せてあげよう

（2019/7/9）

086　開東閣でのミラクル

　小泉進次郎氏の妻となった滝川クリスタルさんの言葉「お・も・て・な・し」ではないが、この齢になると「もてなし・もてなされた」数は星の数ほどある。

　一月ほど前、ある方から私と家族への夕食のお誘いをいただいた。場所を見ると品川区高輪の開東閣。もしや三菱創業家の旧岩崎家高輪別邸かと確認すると、まさにそれであった。きっと何かのイベントがあり、それにお誘いいただいたのだろうとその瞬間思いついた。

　ちょうど16年ほど前の今頃、開東閣でベルリンフィルによる「Stradivarius Summit Concert」を聞く特別晩餐会があって、そこにお招きいただいた記憶がよみがえった。バイオリン7台、ヴィオラ2台、チェロ2台による、モーツアルト、ドヴォルザーク、ヴィバルディの楽曲演奏は感激ものだった。ただ、不心得者の私の興味は演奏というより、11台のStradivariusの物理的な美しさや音色の良さよりも、総額90億円といわれた価値に度肝を抜かれていた。

　ガードが守る高い石垣門を通り抜け、11,200坪の広大な敷地に踏み入れると、母屋ともいえる開東閣の車寄せが目に入る。入り口には完璧な正装をした二人の係が待ち受け、私たちを中に迎い入れてくれ、施設に

関して簡単な説明をしてくれる。

　開東閣は、豪放磊落な三菱の創業者岩崎彌太郎の後を受けた弟、岩崎彌之助が建てたものだ。眼下に海が迫る景勝の地で、彌之助はこの地を愛し、多くの人々をもてなすとともに、自身も休息をとる別荘として使っていたようだ。

　彌之助の耳にも潮騒も聞こえただろうな……と思いを巡らしていたとき、突然娘が口を開き「パパ、駐車場にも、建物にも、ガーデンにも、人影が見えないよ」「イベントの喧騒も聞こえてこないし、何か変よ」「確かに変だね」などと小声で話すうちに、くだんの黒服の係の方が、「それではダイニングにご案内いたします」ときた。「パパ、貸し切りだったらどうするの」「まさかそれはないでしょう」などと話すうち、巨大な一枚織のペルシャ絨毯のレセプションルームを通って、ダイニングルームの扉の前に来た。

　とうとう扉が開かれる。きっと沢山の人がと思ったものの、待っていたのは、まぶしいシャンデリア、すべてが重厚で格調高いダイニングルームと大テーブル。テーブルの上には私たちファミリーの４人分と主催の方々３人の合計７名分のみがセット済み。

「Oh My God!!」

　11,200坪に建つ歴史的建物、駐車場のガード、厨房の方々、ホールの方々、完璧正装の係の方々が、すべて私たちのために……と思うと、またまた「Oh My

God!!」

　かくして、人生に一度きりともいえる、ミシュランも裸足で逃げ出す特別なディナーが終わりました。素晴らしい料理に満足しましたが「なんで僕らが？」という疑問は、当面尾を引くデザートとなりました。

一般非公開です

おぅ、やのすけぇ!

（2019/10/5）

087 シェリーとハワード

　この道をドライブする時、いつもハワードとシェリーの友人夫婦のことを思い出す。長野オリンピックの米国ホッケーチームメンバーに彼らの友人がいて、その応援に駆けつけた時にこの道を通ったからだ。ハワードの住まいはプロホッケーチーム「サンノゼシャークス」の本拠地の近く。時々彼に連れられて見に行ったものだ。

　アイスリンクの選手入場口は巨大なサメの口、入場時の音楽は、あのおどろおどろしいジョーズのテーマ音楽。ブレードが氷を引き裂く音、競技は大男がぶつかり合う格闘技。迫力は半端じゃない。

シェリーからハワードがホスピスにいて、最後の時を待っていると連絡があったのは、今回のドライブの直前だった。意識も混濁しているということで「むこうとこちら」の境界にいるらしい。

　飛んでいきたいほどの衝撃を受けたが、誠実でみんなから慕われたハワードが素晴らしい終わり方をしているような気がして思いとどまった。

　初めて泊まった長野の旅館で、シェリーが大風呂に入った時のことを思い出した。初めてのことで躊躇するシェリーに、ちょうど入浴しようとしていたご婦人にケアをお願いして、我々も別区域に。やがて外風呂に移動し凍てつく長野の街を眺望。「シェリー、楽しんでいるかな？」と言ったら彼も気になったのか、女子施設に向かって「ハニー」「ハニー」と呼びかける。向こうからも間髪を入れず「ハニー！」と返事が返ってきた。

　彼女も外風呂にいて、同じ風景を見ていたようだ。

別れを死ではなく、
完成としよう

日本では
マイナーだけれど

（2019/10/6）

088 街から人が消える

街から人が消える、不気味な未来

　子供の頃、祭の日には母からもらった200円を掌に固く握って、田舎道を太鼓や笛の音が聞こえてくる神社に走ったものだ。神社の境内は人であふれ、子供たちはオモチャや駄菓子を売る屋台、金魚すくいや、にわか作りの射的場や、手品などの大道芸人の間をぐるぐる回った。

　そんな地方の村祭りの風景が急速に変わり始め、今では大都市周辺までその変化の波が押し寄せている。神輿を担ぐ若者がおらず、近隣からのオンローン。子供の数は激減し、太鼓や笛の音もCD頼り。つまるところ、人がいなくなったのだ。日本海に面した私の田舎も今では5軒に1軒が空き家とのことで、山間部となるとさらに減って1割にも満たず、残っている人の年齢も80歳を超えているとのこと。街から人が消える時代がそこまで来た。

中国山東半島の田舎の風景

　友人に誘われ、山東半島に旅をした。成田を発って3時間ほどで山東半島の付け根、青島（チンタオ）に降り立つ。目的地の半島の先端、威海（ウエハイ）まで高

264 |

速道路をひた走ること３時間。とにかく道路の整備状態は素晴らしい。米国のハイウェイは穴ぼこだらけが相場だし、日本だってあちこちつぎはぎ修理の跡が残る。両脇の植え込みや土手の刈込も文句なし。高速道路の両脇には見渡す限りの果樹園、聞くところによると、このあたりはリンゴの産地とか。いくら中国の人口が多いとはいえ、これほどのリンゴが必要なのか？高速道路の両側に林立する現代風な高層住宅群。不動産バブルの崩壊が論議されて久しいのに、まだまだ続く建設。いったい誰が住むのか？　海岸線は地中海を想起させる、美しく整備されたヨーロピアンテイストのリゾート風。中国は変わった。「アメージング！」いま中国で何が起こっているのか？

　観光客がよく訪れる都市部はもういい、それより田舎を見たい！という、わがままなジジイのたっての頼みで、旅行計画は大変更。威海の中心から１時間ほどの村落を訪問した。中国人の知人の奥さまの生家で、主として果樹を主とする農家だった。住まいは集合住宅で築30年ほどと聞くが、30坪ほどの屋根の下に土間のリビング、作業スペースと床張りの寝室、食堂からなる極めて質素な作りで、中国風の長屋のようなものだった。一街区に10軒ほどの同じ間取りの家が連なっているが、人の気配がしなかった。１時間ほどの立ち話から見えてきたことは、中国では一人っ子政策もあって、少子高齢化の大きな波が押し寄せており、日本同

様の問題を抱えているようだった。空き家が増えてきたこと、若者が減ったこと、働く場がなくなってきたことなど、日本と類似の症状を示している。

中国の意志　リエンジニアリング

「人が村からいなくなる」という現代社会の大きな流れを放置せず、リエンジニアリングして、人が戻ってくる社会を作ろうという中国の意志も透けて見え、刺激的だった。たとえば、老齢化した農民から一斉に土地と住まいを取り上げて、農民は高層住宅に移し、かつての住宅はきれいさっぱり跡形もなく撤去し、農地も大型機械が入るよう整地しなおし、人工知能などを駆使する若者たちの移住を奨励。短期日でワールドクラスの果樹供給地域を作ろうというグランドデザインの実施である。

　一方、土地も住まいも取り上げられたというのに、農民の顔に悲壮感などはない。もともと共産主義国の中国では土地も住まいも個人に帰属するものではないから、そこに日本人のようなセンチメントはなく、与えられた高層住宅に移ることを楽しみにしている様子もうかがわれる。働く場が当面なくなることへの不安もなさそうで、現状肯定の度合いは思った以上に高そうだった。

変化に対してとっても非力な日本

　高度な自由を保障された日本の社会が採り得るリエンジニアリングの裁量の幅は、小さく、遅く、そしてあまりにも非力だ。これで人が帰ってくる街など作れるのか不安になる。かといって、自由や人権を犠牲にして、これが目に入らぬかと強行するような、共産党的独裁のカードは日本にはない。

　それにしても、人のいない、子供のいない街は寂しいものだ。

世界的傾向らしい

さて、
日本の場合は

（2019/11/11）

089 酸っぱいマグロ

　食べ物とワインが醸し出す絶妙のマリュアージュを楽しむ人々は多い。不肖私もマリュアージュの不思議やワインそのものの魅力にとらわれ、あちこちのワイン会などに顔を出した時期があった。そのうちに楽しみの域を出てビジネスとしての可能性を探ることになった。

　4年ほどのトライアルを経てたどり着いた結論は、小規模の扱い量なら、コストカバレージができたら合格の「道楽者ビジネス」だということだった。スケーリングする気持ちは初めからまったくなかった。

　理由は新規参入者にとって、生き残りの困難なレッドオーシャンだからだ。レッドオーシャンを泳ぐビッグフィッシュは、顧客の嗜好のエンジニアリング（市場創造・マーケティング）から始まって、ブドウの育苗、高品質ワインの大量生産、低コストロジスティック、ディストリビューションと改善可能なすべてのエリアで、ありとあらゆる手段を講じる近代戦を展開しており、スモールフィッシュの出番などないからである。それでも4年間のトライアルからいくつかの学びを得た。

ワインを仕切る大旦那

ワインに限らず、酒類のビジネスは、やたら資格が必要である。玄関をくぐってその世界に入るためには、大旦那である税務署の許可がいる。出店の場所から始まって、業態（小売り▶卸し・通販）、扱い量、参入形態（M&A）等々とこれでもかというほど資格要件を問われる。要は新規参入者に対し門戸を閉ざす、税務署独壇場の規制ビジネスだったことだ。なぜそこまでと理由を調べると、かつて酒税は国の主たる収入源の一つであったことから、高い税率を認めさせる代わりに、新規参入を制限する産業保護政策をとってきたことがわかった。

日清・日露戦争の戦費を酒税でまかなったともいわれると、産業保護政策も理解はできる。また国政のリーダー、岸信介・池田勇人・佐藤栄作・竹下登・宇野宗佑などを輩出したのも酒造業界だった。

それにしても、今に残る多くの規制は「時代遅れ」ではなかろうか？

ビットワイン

ライセンスなしにはビジネスが成り立たないということで、息子は数年かけて輸入・卸し・小売り・通販のライセンスを取得し、業界の門をくぐった。ビジネスモデルも幾多の選択肢の中から、ビットビジネスを選んだ。このモデルにたどり着くのに、歴代のソムリ

エ協会の会長や有名店のシェフ、料理研究家など、今では友人となった多くの人たちの支援があった。

ビットビジネスの仕組みはこうだ。サザビーズなどの有名オークションでは、高級貯蔵ワインが競り（ビット）の対象となるが、それらを顧客（ワインラバー）の委託を受け競り落とし、引き渡すという極めてシンプルなものだ。これだけだと誰でもできそうだが、実際は簡単ではない。どこのオークションで、どんなワインがどれぐらいの数量、どれぐらいの価格でビットされるのかを事前に知る必要があり、それらをワインラバーとコミュニケートし、競り落としたい対象ワインを決めさせることが必要だ。このモデルの「ビューティ」はなんといっても在庫を持たないこと、競り落としたらすぐに空輸し、引き渡すというスピーディなビジネスということだ。

実はこのモデルのヒントは、大手デパートの高級ワイン部門から見出した。わがままな顧客のしつこい要請で、ビットに参加し落札できたことで、細々と続けてきたもので、上司からは手数がかかるので中止勧告が出ていたようだ。

息子はこの仕事に従事していた二人の女性に転職を勧め、迎え入れた。一人は東京に住み、多くのワインラバーを顧客に抱えるビッグママ「H」で、もう一人はロンドンに住み、日本とヨーロッパのブリッジングトレードをする優雅な女性「Y」だ。何より幸運だっ

たことは、「Y」のチャンネルを通じ、ワインの格付け者として有名なロバート・パーカーと並び称せられる、マイケル・ブロードベンの知遇を得ることができたことだ。

　いよいよ新天地で「H」と「Y」の仕組みは回り始めた。「H」と「Y」の猛烈な好奇心もありマイケルから沢山の学びを得た。オークションでのビットワインは、気候や病虫害、市場などの変動要因に備えて、ワイン醸造者が貯蔵する高級ワインで収入を調節する役割もあることがわかった。ワイン生産者との濃密な関係ができて初めて、オークションでビットされるワインを事前に知ることができるというわけだ。

　仕事は順調に動き出したが、道楽者のビジネスという位置づけは変わらなかった。何しろ、自分がワイン

ラバーの一人と化したからでもある。

酸っぱいマグロ

　ビットワインの出荷先を見て驚いた。中に銀座の有名なお寿司屋さんが含まれている。エッ！　お寿司屋さん？　しかも年代物のブルゴーニュの赤ワインが多い。量から推測するに、お寿司屋さんのビットの裏には、個人のワインラバーも隠れているとのことだ。

　ビッグママに尋ねると、マグロの赤身とブルゴーニュの赤のマリュアージュが絶妙とお客様が言っている、とのことだった。中でも酸っぱいマグロとの相性が良いらしい!?　以来「酸っぱいマグロ」がいつも頭の隅にこびりついて離れなくなった。

　ビッグママはワインのために生まれてきたような人

ではあったが、不思議なことにお酒の飲めない下戸だった。それもあったと思うが「酸っぱいマグロとブルゴーニュの赤」のマリュアージュについて、説得力ある説明をしてくれなかった。

　ところがのちに意外なところで、答えらしきものに出会った。

　韓国で最高級ホテルとして名高い新羅ホテルにある日本料理の寿司カウンターで、唯一の日本人すし職人の親方が、白ワインを飲んでいる私に、「岩﨑さん、マグロの赤身と赤ワインは、合うらしいですね」と、ド直球の球が飛んできた。とっさに私も「酸っぱいマグロって知ってる？」と直球を投げ返した。

「はい！」その親方は、銀座のすし屋（K）の大親方に次ぐ一番の職人で、超有名な新羅ホテルのオーナー一族に請われた大親方の命に従って渡韓し、スタッフの教育とレストランの経営、そして自ら寿司を握ってきた人だ。

　近々に「K」に行って、酸っぱいマグロとブルゴーニュを味わいたいという私の希望を叶えるべく、彼は大親方に連絡してくれた。

「酸っぱいマグロ」は見てわかるものではないそうで、どうやら〆方によって酸っぱく感じる度合いが違うようである。大親方は「定置網に入り込むマグロは体温が上がるような大暴れをさせないので、酸っぱく感じるのでは」と言っていた。

さて酸っぱいマグロとのマリュアージュだが、「おいし〜い」とは言えても「トレビヤン！」と言えるほど感慨は湧かなかった。まだまだ修行の足りない無骨者だな、と痛感した。

それは自分で
見つけるもの

江戸前の
仕事ありき

（2019/11/13）

090 卑弥呼の注文

　職を探しているわけではないのに、リクナビの転職サイトに目が行った。

　年間休日123日、世界的な企業、過去の職歴は問わない、正社員。……応募してみようかな。権力者卑弥呼に仕えて数十年、そろそろ家を出て羽ばたきたい。夢が少し広がりかけた。

　あ〜あ、でもだめだ、協調性やコミュニケーションが大事、ルールを尊守しコツコツ働ける方と書いてあるし、それに35歳までときた。年齢でいくと二人分働けるが、それではダメか。給料は一人分でいいのだが……。

　卑弥呼の声が階下から聞こえてくる。正気に戻りかける。

　それにしても、私が32歳の時作った会社、アプライド・マテリアルズ・ジャパンが、昨年暮に創立40年ということで、バカラのカットグラスが贈られてきた。後輩たちの努力もあって、いい会社になったものだ。

　私の再就職の夢は卑弥呼の支配力がまだまだ強く、当面果たせそうもない。そういえば、私の友人がリタイアしたとき、かの家の卑弥呼様から熱いねぎらいの言葉をもらったと言っていた。

「パパごくろうさまでした。今日からは好きなことを
して自由に過ごしていいわ。でもお金だけは減らさな
いでね！」

　これはきつ〜い。

（2020/1/28）

091 便利の代償

　つい数日前、「イノベーターのディレンマ」で著名な
ハーバード大学教授、クレイトン・クリステンセンが
亡くなった。

　台頭する新技術の破壊的インパクトを説く同氏の主
張に納得しただけにとどまらず、90年代初めに教授に
なりたてのピカピカの本人と直接会って話した親近感
や、その後四半世紀に立て続けに起こった激変（イノ
ベーターのディレンマ）を体験したことから、氏の他
界は友人の死のようで、つらい。

　今進行中のディジタルディスラプション（Disrup-
tion／崩壊）は、AIやニューロコンピュータなどの多
様な技術進化が生み出す、大きなうねりが交叉するこ
とで生まれた巨大波で、現在もその波頂を押しあげて
いる。2045年ごろに起きるとされる、AIが人間の能力
を超えるシンギュラリティ（技術的特異点）ですら通
過点に違いなく、どんな世の中になるかの予測と十分
な準備が必要と感じる。

　サーフィンではないが、巨大波のどこに位置取りす
るかは国の盛衰にも関わる重大事だ。近未来を占う上
で参考になるかということで、世界の証券業界で起き
ている数コマをピックアップしてみた。

利益を生み出していたトレーダーはAIによるロボットトレーダーに取って代わる。ゴールドマン・サックスの事例では、2000年に600名いたトレーダーが2017年には2名になった。失職した人の移動先はファイナンシャルプランナーやコンサルなどが多いようで、これも過渡的現象のように見える。

　ロボットトレーダーの運用はゴールドマンの事例だと、200人のITエンジニアが受け持つ。つまり、今後は技術系人材への入れ替わりが進む。

　欧米では株式取引の45％の収益は電子取引によるもので、巨額のコスト圧縮の実現、さらには手数料の無償化が同時に広がる。収益モデルの大きな変化だ。

　AIを駆使した高頻度取引（HFT）の急速な広がりと、AI間の競争で、差異が急速になくなってきている。これにより過当競争とコモディティ化が加速する。

　競争優位性の源泉（株式運用の超過収益「アルファ」）を世界中のデータから見出し、数学的手法で組み合わせる「クオンツ」なる人たちの存在が重要性を増し、タレント人材獲得競争が起こるが、やがて平準化が進む。

　以上、断片的なシーンに過ぎないが、20年前に海の向こうで始まった変化が、いま日本にもひたひたと押し寄せていることが見えてくる。波が巨大なだけに、見えない変化を予想し備えることが、今まで以上に大事な時代になってきた。

　便利になることで増える時間が、よりよい人生のた

めの機会を与えるものではなく、奪うものになってしまうからだ。

　クリステンセン氏と、このディレンマについて話し合っておきたかった。

（2020/1/30）

　少しへそ曲がりな性分で、形勢不利とわかっていて
も、そちらに理があれば加担したくなる。

　一昨年の秋、内燃機関の水素化事業に乗り出したい
という強い希望を持つ元大学准教授、山根公高氏とそ
の仲間から、事業化を指導、支援してほしいとの依
頼・要請を受けた。垂直統合の大企業が凌を削るレッ
ドオーシャンの荒海に、まるで笹船で漕ぎ出そうとい
う山根氏の勇気に敬意を表したものの、山根氏の姿は
巨大な風車に突撃する現代版ドン・キホーテの姿とダ
ブって見えた。

　燃焼工学の学者でもある山根氏と調査を進める中で、
「Not to do」という内なる声を何度も聞きながらも、調
査を始めて一年後に、とうとう新会社「i Labo（アイ
ラボ）株式会社」の創業となった。
「Not to do」が「Have to do」に代わった理由と、笹
船の前途を想像していただくために、少し背景を紹介
したい。

1）Over Kill を止める

　今日、内燃機関は環境劣化の主犯とされ、逆風の中
にいる。あらゆる産業を支える、成熟し安定した動力

源として働いてきたにもかかわらずだ。エンジンからモーターに、化石燃料から電気に、という大合唱の中で、多くの雇用を支えていた内燃機関は、電気自動車や燃料電池車、クリーンディーゼル車やハイブリッド車などが居並ぶ将来の選択肢から完全に漏れて、消滅の縁にいる。この事態の裏にあるのは、内燃機関にはもはや進化発展させる「生まれ変わり」の余地がないという思い込みによる「Over Kill」がある。

アイラボの重要な使命の一つは、時代の要請に十分に応える「新しい内燃機関」を提示し、その性能を実証することで、流れを引き戻し「Over Kill」に掉さすことである。

2）内燃機関再浮揚の新しい「翼」

山根氏やその仲間が東京都市大で研究し開発してきた「水素エンジン（H2ICE）」は、もう10年以上も前の実証実験で、ディーゼル並みの動力性能を確認し、今日の厳しい排ガス規制も十分クリアする実力を示した。しかも最小コストで、である。この成果は自動車産業のみならず、内燃機関を動力源とする重機、発電機、船舶などにも拡大応用することが可能である。

さらに同氏は「熱効率の向上・出力向上・排気清浄化・水素燃料システムの軽量化」などの能力拡張プログラムに着手しており、ディーゼルエンジンの性能を大きく上回る水素エンジン（H2ICE）の開発に自信を

示している。

　まさに、内燃機関すべてに未来を与える「新しい翼」になる資格が揃っている。

3）増えてきた、呼びかけに応える人々

　笹船にも乗る人がいなければ、笹船は海の藻屑に終わる。事業として水素エンジン（H2ICE）を供給するには多くの専門家の参加なしには実現しない。エンジン、部品、架装、テスト、ガス、電装機器、保守、メンテナンス、IT技術者、大学等の方々である。

　自動車産業は、鉄壁の垂直統合で守りを固め、戦ってきた産業ゆえに、笹船からの呼びかけに応じる人はいないと思われたが、実際はそうではなかった。Maas（モビリティ・アズ・ア・サービス）など自動車産業の定義そのものを問われるサービスの登場、シェアードエコノミーの進化による若者の車離れ、少子高齢化による市場の縮小などによって、鉄壁の産業構造にはひびが入り、着地点の見えない再編の動きが始まっていたのだ。

　必ず起こる変化が自分に及ぶのを待つ人もいるが、変化に乗れるよう行動する人もいる。コストパフォーマンス世界最高の水素エンジン（H2ICE）を、水平分業チームで作るという呼びかけに真剣に応える人が増えてきた。

4）水素利活用の積極貢献

　山根氏が10年前に達成した、水素自動車のパフォーマンスはマスメディアを大いに引き付けたが、水素調達に難があるということで尻すぼみとなり忘れ去られてしまった。

　ところがここにきて、水素が脚光を浴び出した。水素を発電材料とする燃料電池車の普及を官民挙げて推進しているからだ。まだまだ水素ステーションの数も120ヶ所程度と少なく、燃料電池車の販売台数も伸び悩んでいる。水素を内燃機関再浮揚の「翼」として選んだアイラボも、国や燃料電池車を推進するメーカーの方々とワンチームで、水素利活用の拡大に貢献しなくてはならないと考えている。

　中でも水素エンジン（H2ICE）の得意領域、たとえば重量物の運搬や、トラック・バスなどの高負荷作業用車両、重機、発電機、船舶などの分野で顧客ベースを増やし、水素の需要を増やすことができると考えている。この分野のCO_2排出量総和は乗用車の1.5倍であり、ゼロエミッションを達成する水素エンジン（H2ICE）の貢献余地は極めて大きい。

5）水素エコシステム上流への関与

　水素をエネルギー源として、「造り・溜め・使う」という全工程に関わる専門知識が必要だ。

　水素車には水素スタンドが必要で、スタンドには経

済が成り立つだけの需要が必要だ。現在のスタンドの分布を見ると大都市に限られており、地方は忘れ去られているかに見える。未来のエネルギー源として水素に狙いを定め、その普及を燃料電池に託したものの、地方には購買力も需要もなく期待通りには進まない。地方に需要を創るという点で、アイラボの貢献余地は大きいが、水素の値下がりやスタンドの設置を待っているだけでは到底実現しない。使う立場から造り、溜める、水素のエコシステムの上流にさかのぼる積極的関与が不可欠だ。地方地方で、現状のエネルギーエコシステムに結構な差異がある。現行のエコシステムに水素のエコシステムを組み合わせることで、経済循環が成り立つケースもあるので、国や自治体や企業と結んで、造って・溜めて・使う循環を創り出す必要を痛感している。

6）プラットフォーマーを目指す

　アイラボは、コストパフォーマンスで世界最高の水素エンジン（H2ICE）の開発と普及に特化し、BKMや情報の共有化を通じ、参加者を増やし、その仕事の効率化に貢献する水平分業プラットフォーマーを目指すという夢を抱いているが、ようやくその輪郭が見え出した。

　ビークルの駆動源がモーターであれエンジンであれ、早晩コモディティ化するに違いないが、それでも水素

エンジン（H2ICE）が選ばれるように、水素社会実現のキーコンポーネントであるように願うばかりだ。笹船と目指す姿にかなりのギャップはあるが、仲間の意欲は極めて高い。

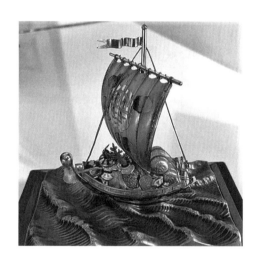

まだまだ、
前途は多難

水素化
コンバージョン

（2020/2/17）

093　3密　閉所恐怖症の克服

　東京都知事の小池さんには不思議な妖気が漂っている。喋る言葉はステーツマン、つぶらな目の輝きはポリティシャン。危機存亡の一大事と、このところ出番が多いが、何かうれしそうに見える。

　「三密に近づくな」、「家を出るな」繰り返される東京都知事の声に、なぜか従っている。自分は千葉県人なのに、である。

　実は私は閉所恐怖症で、狭いところが超苦手だ。正確なところは忘れたが、50歳を過ぎた頃に突然発症した。鼻歌交じりでMRIの土管のようなチューブに入っていったとき、土中に埋められる感覚に陥ったのである。大の大男が「出してくださーい」と三〜四回ほど叫んだ恥ずかしい記憶がある。

　小池さんは「家に籠れ」とは言っているが、土管に入れとまでは言っていないので安心だが、「籠る」のは結構つらい。

　それにしても、究極の閉所を暮らしの場としている人がいる。宇宙飛行士の方々である。たまたまその中のお一人、若田光一氏が質問に応える番組があって、閉所で過ごすストレスを克服する方法を話していた。それによると、時間が足りないほどの課題に取り組むルー

ティーンの存在がカギと見た。窓の外は真空の宇宙空間、私のケースの「土中」と変わらない。外に出たら即「死」が待つ。

　小池さんが言う「籠る」生活も、ルーティーン次第で有意義なものになるかもしれない。

意外と多いようです

これなら大丈夫!

（2020/5/2）

094 カールツァイスの新しい目

　母からもらった大切な目を捨て、ドイツ製のカールツァイス製レンズに取り替えた。

　もう暫く美人を見ていたいという不埒な魂胆もないではないが、この2年ほど色々支障をきたしたからだ。

　ゴルフなどはボールの行き先が全くわからない、グリーンの傾斜やうねりがまっ平に見えるなどと、同伴者に迷惑を掛けるだけでなく、介護料（チョコレート）のペナルティもある。

　それに乱視も加わって、疲れるし、時々こける危険もあった。

　手術台に横たわって施術スタート。6分40秒（右目）……7分20秒（左目）……。「ハイ、終わりです！」とドクターの声。都合14分。

　ワオッ！　と言いたいところだが爺なので、我慢して「うーん」。

　かくして、施術を受けた爺さん婆さんが、クリニックを後にする。スタスタスタ。

　サイボーグも悪くはない。すでに歯は結構手を加えたし、今回は目、そのうち耳も期待できそうだ。

　そういえば目が見えすぎると、鏡の中の自分を見るのが怖くなると、誰かが言っていた。いやなことを言

う奴がいるものだ。

いろいろと、
進化しています

まさに趣味の世界

（2020/5/24）

095 共和国の三権分立

　我が共和国もCOVID-19の影響を受けている。国内法はワイフの領域で、外をうろつく私にこれまで顕著な影響がなかったのが、家に籠るようになって、いろいろなところで破法の指摘を受けている。

　電気がつきっぱなし、扉が閉まっていない、頼まれごとを忘れた、風呂の温度を元に戻していないなど、私に言わせれば「微罪」だが、反論の仕方によっては「重罪」扱いだ。

　うかつなことに、我が共和国は明確な三権分立制度を組み入れなかった。今更ではあるが、国会を騒がした麻雀好きの元検事長のような欠陥品でもいいから、司法を担当する人にいてほしかった。

　そういえば、娘が中学生ぐらいの時、私とワイフの申し立てを聞き裁断するケースもあった。「うっすら司法」といったところだ。ただ、明らかに変な判断をすることもあって、「どうしてそんなアンフェアな判断？」と聞いたところ、「だって……ママが怒るんだもん」ときた。娘も当てにならない。

　今回は自ら、指摘の状況を「破法」と認め、「流刑」処置とすることにした。

　考慮の結果、COVID-19にも距離を置く、標高

1,750mの流刑地（別荘）とした。流刑地は春真っ盛り、鶯の声が響き渡る「極楽」、いやいや地獄。音楽を聴きながらの懺悔の日々である。

（2020/5/25）

096 ファミリールーツ

　中央自動車道では恵那山トンネルに次いで長大な笹子トンネルを抜け、甲府盆地に入ってすぐの出口が、あのワインで有名な「勝沼」だ。実はこの「勝沼町下岩崎（村）」が私の祖先、甲斐武田氏と同族の「岩崎」の本領。子供の頃からそのことは聞かされていて、この地を通るたびにいつか先祖探しをしてみたいという思いに駆られていた。

　そんな折、突然息子から「勝沼で美味しい白ワインを手に入れたよ」と、甲州テロワールセレクション「下岩崎」が送られてきた。余分なフレーバーを抑え、固めすっきりとまとめた甲州100パーセントの「白」。これは結構いける。……それにしてもエチケット（ラベ

ル）がなぜ「下岩崎」なんだろう？　このワインに、さして知名度があるとは思えない「下岩崎」と命名した人たちに興味がわいた。もしかしたら、先祖を同じくする人たちかも……無性にお会いしたくなった。

　私の故郷は新潟県の西端、日本海に面した糸魚川市大和川地区だ。東に妙高・焼山山系から流れ下る「早川」、西に駒ケ岳・海谷渓谷から流れ下る「海川」、後ろには海に向かって押し出す里山に挟まれた、海岸線で3キロメートルほどの海べりの村落である。耕作地はほとんどなく、舟どまりも森林も、名物もなく、あるのは川鱒と鮎が遡上する美しい川ぐらい。

　この地「大和川」には縄文の時代から人々が住み暮らしていたというが、私の先祖はなぜ甲斐の国から遠い、しかも甲斐と幾度も戦った上杉領に住み着いたのだろうか？

　私は幼少時代、きかん坊で鳴らしていた。7人兄弟の6番目とはいえ、そのうち5人が女で、男は兄と私だけ。

　腰に竹光を差し手に竹槍を携え、日が暮れるまで遊び惚けて、いつも母に怒られていた。母屋の二階は子供は立ち入り禁止の開かずの間であったが、そんなものはキカン坊にとっては「入れ」のサインに他ならない。兄と一緒に宝さがしだ。

　所狭しと置かれた埃まみれの古い武具。槍に薙刀、

陣羽織、刀用長持二棹、鎧兜用長持、提灯にのぼり旗、たくさんの六尺棒。いたずら坊主には単なる遊び道具。さっそく槍や薙刀を持ち出し、庭木を相手に戦争ごっこ。相手は梅の大木、苔むした灯篭、鉄骨のような孟宗竹。きったり突いたり叩いたり、夢中になっているうちに、薙刀の歯はボロボロ、槍の穂先はひん曲がる。最後はオヤジにばれて大目玉。今振り返れば、戦国時代の残滓があちこちに残る家だった。

　甲斐の武田は臣籍降下によって生まれた、清和源氏（清和天皇から出て源姓を名のり、武家源氏と言われた二十一流）の一流で、源信義、後の武田信義（初代甲斐武田氏（1127〜1186））を祖先としている。ちなみに、その子武田信光（1162〜1248）は、源平合戦や承久の乱で活躍した記録が残る。その七男、岩崎七郎信基（信孝ともいう）は甲斐の国勝沼の岩崎の祖先のようだ。

　岩崎氏と武田氏は同族である。その理由は不明だが、甲斐の国元（上・下岩崎）に在っては岩崎を名乗らず、外に出て岩崎を名乗った。実際岩崎（村）には、岩崎姓の人はいないと聞く。

　ところで甲斐の武田氏の代表選手は何といっても武田晴信（信玄）だが、信玄は、武田信光の三男、武田信政の末裔である。この輝かしい甲斐武田の歴史も、信玄の子武田勝頼（1546〜1582）の代に「天目山の戦い」で終止符を打ち滅亡する。甲斐武田の455年の歴

史である。

武田家滅亡の引き金を引いた織田信長も、勝頼死去から二か月後、京都本能寺にて生涯を終える。

岩崎家も武家源氏武田の一族として、平安時代末期から江戸時代に至る、「領地や支配権争奪のための、権謀術策渦巻く、敗者根絶やし（打ち首）一般民衆や農民に対する奴隷狩り、放火や刈田」などの荒々しい戦国の世を生き抜いたようだ。

ただ、その長い戦国の世も、武田家滅亡から32年後（1614年）の「大坂の陣」で幕を閉じる。

大和川の岩崎の足跡を辿ってみる。1578年上杉謙信の跡目争い「小館の乱」の仲介のため、武田勝頼は越後に布陣していた。ところが、同年の8月に徳川が武田領の駿河田中城に侵攻を開始したため、勝頼は仲介を諦め兵の一部（この中に岩崎がふくまれる）を残し撤兵する。残置部隊は越甲同盟の下、春日山城の子城である不動山城の要害集落「谷内越」（早川の扇状地）に陣を構え、途中で武田勝頼滅亡という一大事がありながらも、上杉の援軍としての役割を果たす。信長の跡目を継いだ豊臣秀吉は1598年春、上杉景勝に百姓（など、今風に言えば納税者）を除く上杉家の一族郎党を引き連れた会津転封を命じた。この大きな変化を機として、残置部隊の上杉応援の大義が消滅した。

豊臣の権勢が強まる1600年ころ、援軍の役目が終了した岩崎に対し、会津に転出する上杉の行政上の役割

を肩代わりすべく、新しい役割が付与されたようだ。

　事実、それまで在陣していた不動山城足下の谷内越から、交通の便の良い海べりの大和川地区に居を移し、旧大和川村と真光寺村の割元（江戸時代の地方行政組織で士分に準じ代官・郡代・庄屋の中間の立場）の役割を果たした。

　歴史に「もしも」はないのだが、もしも岩崎部隊が残置部隊でなく、勝頼に従い甲斐に引き返し最後の戦に加わっていたら、勝頼同様滅亡していたかもしれない。

　越後侵攻の折勝頼に同行した岩崎氏の、勝沼「下岩崎」で留守を預かる老人、女性、子供たちの運命はどうなったのだろうかと、次々と疑問が湧き上がる。

　白ワイン「下岩崎」を創った人たちにどうしても会いたい。もし、大和川の岩崎同様、甲斐武田岩崎の末裔だとすると、滅亡から生き残った二つのグループの歴史に光を当てられる。ファミリールーツ遡上の旅は、まだまだ続きそうだ。

樽育ちの柔らかさ

役所・図書館・土地台帳

（2021/2/20）

097 氏神様

　奇しくも、わが先祖の地「甲州勝沼」から近い甲府市昭和に、人生で4番目に当たる「研究所」を開設することになった。

　2019年11月に創業した会社「アイラボ」の、今日はその起工式だ。

　巨大な船（自動車メーカー）が行き交う荒海（自動車産業）を航行するのは、笹船「アイラボ丸」には無謀と、多くの人には止められた。だが、世界のエネルギー戦略と深くかかわる「カーボンニュートラル」時代の大波を乗り切り、日本を守るには、EVやFCVに加えて、日本優位のエンジン技術を生かす、水素エンジン（H2-ICEV）を加えるべきと主張し続けてここに至った。

　しかもここにきて、この笹船に乗りたいという仲間が増えてきた。そう遠くないうちに研究所の門から「水素エンジン搭載の大型車両」と「水素発電機」、そしてこの夢の実現に加わる多くの仲間たちが出てくるはずだ。

　小さいからできる、つながるからできる、速いからできる、無いからできる。笹船ベンチャーの夢は大きい。

早春の陽差しを受けた白銀の富士が美しい。氏神様の祝福を受けて終えた、質素な地鎮祭。

　ひと先ず深呼吸。

（2022/2/15）

098 マスマーダー

　だいぶ前（1989年9月2X日）になるが、世界最大にして最強国アメリカの核のボタンに20メートルぐらいのところまで最接近したことがある。中身までは見えなかったが、それは副大統領に随行する将校の膝の上のアタッシュケースにあった。ボタンにアクセスできるのは、たった二人。米国大統領と副大統領。

　当日のわが社（アプライド・マテリアルズ・ジャパン）の客人は、米軍立川基地からガンシップ二機で飛来した「ダン・クエール米国副大統領」。当日の話題は日本の電子・電機メーカー首脳と副大統領との日米貿易摩擦とマーケットアクセスについての意見交換。でも、そちらより気になったのは、核のボタンの「不気味な近さ」だった。大統領に万が一のことがあった時、この人が世界の命運を決めるのかと、そのシーンを思い浮かべ「悪寒」がした。

　かつて米国は「戦争を終わらせるのに必要」と、抵抗する力の残っていない日本の広島と長崎に、事前通告の選択肢も取らずに原爆を投下した。無辜の民14万人を瞬時に殺戮するマスマーダーのボタンを押したトルーマン大統領に躊躇した様子はなく、米国国民のかなりの人数が、今でも戦争終結の手段としての原爆投

下を是認する。

　プーチンロシアのウクライナ侵攻はウクライナの激しい抵抗にあっている。プーチン大統領は侵攻当初から、軍事目標を達成するためには戦術核使用も辞さないと示唆している。NATOや米国の介入は許さないというブラフなのか本気なのか。その境界は限りなく不透明。核兵器使用のプロトコルは知らないが、経済封鎖のダメージが大きければ、ロシア国内で大統領排除の動きが広がれば、軍事的・政治的目標を達し得ない場合など、それもロシアへの攻撃とみなすとか、核兵器使用のハードルを下げ続けている。

　誤情報一つでプーチン大統領の指はマスマーダーのボタンを押す危険がある。人類史上２人目の大統領には絶対になってもらいたくはない。

　原爆投下から76年、人類は戦争の悲劇から何を学んだのか？

戦慄の
フットボール

その後の世界

（2022/3/15）

099 狂気のチキンレース

　私はとても「子供」が好きだ。中でも小学生くらいまでの幼児は、特別だ。あらゆる仕草を見飽きることがない。まさにエンジェル（天使）。そんな天使も、犬や猫、馬や羊と同様に、生まれた直後は非力で母親のケアなしでは命を落とす。したがって、そうならないための未来への助走を、母親の胎内でスタートする。神の差配か、無条件の愛「母性」揺籃の時期である。男にも「父性」はある。母子のために安全な場を用意し成長を見守り自立を助ける。

　私にとって子供たちは「未来」そのものであり「希望」を託す存在である。

　その子供たちが危機に直面している。大声で泣き、荷物を引きずりながら、避難民の後をよろよろしながら歩くウクライナの少年の姿には、子供にはとても御しきれない「絶望的事態」と「混乱」が身の上で起きたことを示している。

　子供たちは「未来」のために生まれてきたもので、その子たちにバトンも渡さず、「未来を奪う」行為は、どこの国の誰であれ、重い罪である。それが大量に起こる。それが戦争である。

　追報によると、破壊が進むウクライナでは、今後3

か月ほどで8万人の新生児が生まれるとのことである。身重の妊婦には帰るあての無い出国（避難行）は無理と居残り、ただでさえリスクのある出産に自らと子供の命を懸ける。そして、そんな家族や同胞を守ると「武器」を手に戦場に向かう人々。ただ、殺す相手にも無事の帰還を待つ家族がいて子供がいる。戦争は多くの子供から親を奪い、しまいには子供たちから「未来」と「希望」を奪うものだ。

　人類の危機より自国優先で「機能しない国連」、最高レベルの制裁も核武装を急ぐ北朝鮮を止められない「効き目なしの制裁」、権力集中が続く大国の領土に対する野心。

　混沌の未来に明るい道筋をつけるものがいない、「狂気のチキンレース」が続く。

100 ツバメ

　時々海辺の「釣り餌屋」に立ち寄る。何が釣れているか、確認のためだが、いろんな発見もある。10坪ほどの売り場の奥から現れたのは82歳のおじいちゃん。「なーにもないよ」「サザエ（栄螺）だけだよ！」

「まったく儲からないが、友達が来るので止められないんだよ」

　おじいさんによると、このお店のお客の大半は餌釣り目的の老人で、狙うのは石鯛や石垣鯛、メジナ、それにハタなどの根魚だという。若い釣り師の大多数はルアーに移ってしまったので、この店には誰も来ないのだそうだ。

　確かに釣り具屋の売り場からは、かつて釣り魚の王様といわれた石鯛用の仕掛けや釣り具は、中古品でさえ姿を消している。今では、魚ごとに違う竿に、リールに、ルアーに、という具合。

　挙句の果ては靴から帽子、手袋と、アングラーのポケットからお金を搾り取る。賢い漁具メーカーは、在宅勤務を強いる疫病神のコロナさえも利用し、「うつらない」から「出てきて遊べ」と海辺に誘う。気のせいか、魚の数よりアングラーの数のほうが多そう。

「キャッチアンドリリース」は守ってよ。エサ釣り派

は釣ったら持って帰って、神棚に捧げるつもりで食べるから。

　おじいさんの熱弁に応え「サザエ」5個を買う。

　かけ流しのサザエ籠のわきに生きた魚が見える。
「これどうしたの？」
「飼っているのさ！」

　水槽の淵から「おーい」、水面に浮かび上がったのは大きなハタ。2日ごとにえさを与えている限り機嫌はよく、呼びかけにも応えるのだそうだ。最近まで「メジナ」もいたそうだが、ケンカするので、メジナは海にリリース。

　それにしても売り場の寒さは飛びっきり。暖房はないし、よく見ると売り場の天窓は開きっぱなし。もうそろそろかと待っていたツバメが2日前に「帰ってきた」のだそうだ。

　おじいさんのまなざしは優しい。きっとツバメともコミュニケーションの手段を持っていそうな気がした。

上品にして
美味なるもの

空を駆け、
海を渡る

（2022/4/1）

謝辞

　物忘れのスピードを少しでも落とすには「頭の体操」にもなる日記付けがよい、というわけで始めた私の日記帳「facebook」。

　ここで著述家（ライター）の植野徳生氏のアンテナに私の発信した何かが補足され、最後には「本」にしようということになった。

　日記は私文書で出版を前提にした文章ではないこともあり、躊躇したが、日記のメッセージの主体は多くの人々からの日々の「学び」で、出版はそれを与えてくださった方々への「感謝の表明」と考えた。

　大切な機会を植野氏は与えてくれたが、それにとどまらず、日記が持つ「思考の道草（遊び）」の幅をふやすために、私が受け持つメインストーリーに対するサブストーリーを共同著者として用意いただいた。

　なお、この間、深田祐子氏に本書の制作・発刊全般のコントロールに深くかかわっていただいたことに謝辞を申し上げたい。

　最後に、私の今日を有らしめた多くの友人、先輩・同僚・後輩、家族からいただいた「出会い」と「学び」にこの場を借りて感謝いたします。

岩﨑哲夫

■ 道草先引用サイト ※順不同

みんなのゴルフダイジェスト / コカネット / ギネス・ワールドレコーズ / 大手小町 / 建築パース.com / 中国新聞 / tabiyori / スッキリ　言葉のギモンを解決するサイト / ギャッベ　アートギャラリー / 神戸ワイナリー / エッシャー美術館 / クリプトン / JCAST ニュース / YouTube / GoUSA.jp / マコー株式会社 / リクナビNEXT ジャーナル / ソウル市 / 日本総研 / バイクブロス / ニッポン放送 / 日本伝統文化振興機構 / 千葉日報 / 東京湾口航路事務所 / 横須賀市 / 情報通信総合研究所 / れきし上の人物.com / Happy Woman / RETRIP / 屋久島パーソナルエコツアー / クリュッグ　エコー / テンダーハウス / みんなの趣味の園芸 / 森林・林業学習館 / 子どもプログラミングスクール egg / Apple / doda キャンパス / 皇居外苑ニュース / Pua Ally / 首相官邸キッズ / 和樂web / じゃらんニュース / Talking New York / ACT HOUSE / 日豪プレス / Ledge.ai / 住友金属鉱山 / Feel KOBE / 御柱祭 / KIMIGOLF.COM / 蓼科観光協会 / 労働問題弁護士ナビ / MyHome Lover's / ハリネズミの耳 / マネージャーライフ / logmi Biz / telling, / ナゾロジー / ミスターベイブ / arsvi.com / 並榎山常仙寺 / zakzak / COOLZON / 手塚治虫オフィシャル / ソフトバンク / きたよ。 / 東海大学海洋研究所 / 砥部焼陶芸館 / umito. / 大島海洋国際高等学校 / 東京とりっぷ / 温泉部 / 暮らしーの / 元祖温泉トラフグ / リクルート　マネジメントソリューションズ / イス王国 / AUTHENSE / ピクシブ百科事典 / World Vision / nippon.com / サントリー / ロサ オリエンティス / 宝製菓株式会社 / TSURI HACK / 論座 / GQ / 旅する地球 / 海上自衛隊 / ダイヤモンドオンライン / ナショジオスペシャル / AFFLUENT / nippon.com / 週刊現代 / 国土交通省 / 笹川スポーツ財団 / 日常畑 / みどり総合法律事務所 / life hacker /

今週の朝礼 / First inc. / HUFFPOST / プレジデント　オンライン / 川合晋太郎法律事務所 / the 能 .com/HAPPY LIFESTYLE/ モデルプレス /Campus Magazine/ 石川県 / 金沢市民謡協会 /HMV&BOOKS/ 笹川平和財団 / み言葉のいづみ / 糸魚川市 / 糸魚川観光ガイド / 味博士の研究室 / つくる楽しみ / AWARD WATCH/ 音楽ナタリー / プレミアムフライデー /INTERNET Watch/ 文化デジタルライブラリー /macaroni/ 論座 / 外務省 / P-CHAN TAXI/ 慶應義塾大学 / 松下政経塾 / 山形済生病院 / warakuweb/AGA ヘアクリニック /KONEST/macaroni/ 佐倉市 /excite ニュース /TOMORUBA/gorin.jp/ きょうのひとこと /VIVA! MEXICO/@IT/ 海上保安庁 / 森と水の郷あきた / Fishing JAPAN/ クックパッド / ジル /dji/d's JOURNAL/ 中国語スクリプト / 松下幸之助 .com/dyson/ 川越市蔵造り資料館 /icotto/ 同志社女子大学 /TSURI HACK/ 音楽研究所 /Jazz 2.0/ 公益社団法人 教育文化協会 / 久能山東照宮 /NATURE ＆ SCIENCE/ パーソル テクノロジースタッフ / 未来年表 /Weblio 辞書 / 函館おしま病院 /la vie/ 東洋経済 ONLINE/ 内閣府 / Trans.Biz/ おとなの週末 /Baccarat/FINCH/ 幻冬舎 GOLD ONLINE/ ベストカー Web/I Labo/ 医療法人 和楽会 / しみず脳神経外科クリニック / よしだ眼科クリニック / 気まま・カメラ / にいじまぐ /TGR/ ハッピーワイン / 家樹 /WebCG/CHUKYO YV/ CNN/APP BANK/ 国連 UNHCR 協会 /iStock/ ぼうずコンニャク /NATURE ＆ SCIENCE

＊ QR コードは（株）デンソーウェーブの登録商標です。

＊リンク先の URL にアップロードされた記事は、リンク先の諸事情により、無効となっている可能性がありますので、なにとぞご了承くださいませ。

■ プロフィール

岩﨑哲夫 （いわさき・てつお）

　1946年、新潟県糸魚川市出身。日本大学法学部を中退し、機械設計の道へ進む。経営幹部として頭角を現すうち、ヘッドハンティングを受けて大手商社に移籍。半導体専門商社の創設に関わるが、独立を摸索する中、アメリカの半導体製造機器メーカー「アプライド・マテリアルズ」（AMAT）との50対50のジョイントベンチャーを創設。当時、倒産寸前だったAMATを、20年後には時価総額932億ドル、世界最大の半導体製造機器メーカーに押し上げる。

　引退後の現在は、有望なベンチャーへの投資やコンサルティングを行うほか、千葉県八千代市内でレストラン「貝殻亭」を営む。

植野徳生 （うえの・とくお）

　フリーライター。書籍とウェブ記事を中心に、ジャンルを問わず活動中。
　https://monokakiya.yokohama/

「みちくさ」で充実の二毛作
100歳時代

2023年3月13日　第1刷発行

共　著　　岩﨑哲夫　　植野徳生
　　　　　いわさきてつお　うえのとくお

発行者　　太田宏司郎
発行所　　株式会社パレード
　　　　　大阪本社　〒530-0021　大阪府大阪市北区浮田1-1-8
　　　　　　　　　　TEL 06-6485-0766　FAX 06-6485-0767
　　　　　東京支社　〒151-0051　東京都渋谷区千駄ヶ谷2-10-7
　　　　　　　　　　TEL 03-5413-3285　FAX 03-5413-3286
　　　　　https://books.parade.co.jp

発売元　　株式会社星雲社（共同出版社・流通責任出版社）
　　　　　　　　　　〒112-0005　東京都文京区水道1-3-30
　　　　　　　　　　TEL 03-3868-3275　FAX 03-3868-6588

装　幀　　藤山めぐみ（PARADE Inc.）
印刷所　　創栄図書印刷株式会社